르 귄,
항해하는 글쓰기

URSULA K. LE GUIN

르 귄,
항해하는 글쓰기

어슐러 K. 르 귄 지음 · 김보은 옮김

망망대해를 헤매는 고독한 작가들을 위한,
르 귄의 글쓰기 워크숍

비아북

서문

이 책

이 책은 스토리텔러, 즉 서사 산문 작가를 위한 안내서다.

솔직히 말하자면 초보자를 위한 책은 아니다. 이미 글쓰기를 열심히 하고 있는 이들을 위해 쓴 책이다.

십수 년도 전에 내가 워크숍에서 만난 학생들은 진지하고 재능 있는 작가였지만 세미콜론을 겁내거나 시점을 잘 알지 못해서 혼란스러워했다. 그들은 기법을 배우고 기술을 연마해야 했다. 태평양으로 항해를 시작하기 전에 항해술부터 배워야 하는 것처럼 말이다. 그래서 나는 1996년에 '항해하는 글쓰기'라는 워크숍을 시작했다. 글쓰기의 매혹적인 측면, 정말 섹시한 문제, 즉 구두법, 문장 길이, 문법 등에 초점을 맞춘 워크숍이었다.

5일간의 워크숍에 모인 용감한 작가 열네 명은 기꺼이 세미콜론을 마주하고 동사의 시제를 길들였다. 그들의 조언과 피드백은 내게 아주 소중했다. 나는 나의 메모와 그들의 반응을 모아서 워크숍 내용을 책으로 만들었다. 작가 혼자 혹은 소그룹을 위한 토론 주제들과 연습 문제들을 실은 안내서였다. '항해하는 글쓰기'라는 제목의 비유를 그대로 살려, 나는 이 책을 읽는 작가와 소그룹을 '고독한 항해사와 반항적인 선원들'이라고 칭했다.

이 책의 초판은 1998년에 발간되었다. 책은 열렬히 환영받았고 10여 년간 꾸준히 판매되었다. 그렇게 시간이 흐르면서 글쓰기와 출판 모두가 급격히 변화했고, 나는 책을 업데이트해야겠다고 생각하기 시작했다. 그리고 결국 책을 완전히 고쳐 쓰게 되었다.

개정판도 초판과 마찬가지로 여전히 스토리텔러를 위한 책이며, 그들이 찾고 있는 서사 산문의 기본요소들에 관해 생각하고 토론하고 연습할 거리를 담고 있다. 글의 소리(구두법, 구문, 문장, 동사, 형용사)부터 목소리와 시점(직접적인 서술과 간접적인 서술), 글에 무엇을 포함하고 뺄 것인가에 관한 문제까지, 각 챕터에는 주제에 관해 토론할 거리와 훌륭한 작가들의 예시문, 연습이 포함되어 있다. 이를 통해 독자는 함정을 피하고 제어하며 글을 쓰는 법을 알게 되고, 현실적인 거대한 낱말 놀이인 글쓰기를 하는 즐거움을 느끼게 될 것이다.

나는 책의 모든 내용을 재검토하며 21세기 작가들에게 맞춰서 더욱 명확하고 정확하고 유용하게 수정했다. 책에 실린 연습들에는 그간 독자들이 전해준 수많은 피드백을 반영했다. 그들은 어떤 것이 효과적이었고 어떤 것이 그렇지 않았는지, 지시가 명확했는지 혼란스러웠는지 등에 대해 알려주었다. 이제는 수많은 작가에게 너무도 중요해진 합평회 형식의 워크숍에 대해서는, 합평회를 하는 방식에 대한 제안과 논의를 확장하고 온라인 모임에 관한 내용도 포함했다.

지금 학교에서는 필수적이며 한때는 상식이었던 문법에 관련된 어휘, 즉 언어와 글쓰기에 관한 기술 용어를 가르치지 않는 경우가 많다. 많은 사람이 주어, 서술어, 목적어, 형용사와 부사, 과거 시제와 과거완료 시제 같은 용어를 반쯤 이해하거나 완전히 낯설어한다. 하지만 이런 용어들은 작가가 사용하는 도구의 명칭이다. 문장에서 무엇이 틀리고 맞는지 말하고 싶다면 꼭 필요한 말들이다. 이것을 모르는 작가는 망치와 드라이버도 모르는 목수와도 같다. ("이봐, 팻, 저기 뭐냐, 그 끝이 뾰족한 그걸 사용하면 이걸 여기 나무에 박을 수 있나?") 이번 개정판에서 비록 문법과 용법을 집중적으로 다루지는 못했지만, 작가인 독자들에게 강력히 권하는 바는 각자의 언어가 제공하는 훌륭한 도구의 가치를 생각하고, 자유자재로 사용할 수 있을 만큼 그 도구들에 익숙해지라는 것이다.

지난 20년 동안 출판계가 압도적이고 혼란스러운 변화를 겪는 사이, 글쓰기 자체도 여러 방식으로 다르게 이해되기 시작했다. 나는 이 책이 요즘 같은 시대에 폭풍우가 휘몰아치는 (종이책과 전자책을 모두 포함한) 출판이라는 바다에서 (산문이 작동하고 이야기가 움직이도록 하는) 스토리텔링의 기술이라는 북극성을 시야에서 놓치지 않은 채 항해할 때의 기회와 위험을 반영했길 바란다.

폭풍우에 휘말린 배를 위한 해도海圖는 없다. 그러나 배가 뒤집히거나 박살 나거나 빙산에 부딪히지 않고 항해할 수 있는 기본적인 길은 여전히 있다.

고독한 항해사와 반항적인 선원들

협력적인 워크숍과 작가 모임이 생겨난 건 좋은 일이다. 이런 모임들 덕분에 작가들도 음악가나 화가, 무용수 들이 늘 그래왔듯이 같은 분야의 예술을 하는 사람들과 커뮤니티를 형성할 수 있게 되었다. 좋은 작가 모임에서는 서로를 격려하고 우호적으로 경쟁하며 토론을 통해 자극을 받고 비평을 연습하고 어려울 때 도움을 준다. 만약 모임에 가입하고 싶거나 그럴 수 있다면 그렇게 하라. 다른 작가들과 함께 작업하며 자극을 받고 싶은데 지역에서 모임을 찾거나 참여하기 힘들다면 인터넷에서도 모임에 가입하거나 새로 만들 수 있는 가능성이 많으니 살펴보라. 이메일을 통해 이 책을 함께 보고 연습할 '인터넷상의 반항적인 선원들'을 모집할 수도 있다.

하지만 모임이 별로 효과적이지 않더라도 속았다거나 실패했다고 생각하지 말라. 유명한 작가들이 이끄는 여러 글쓰기 워크숍에 참석하거나 여러 합평회의 구성원일지라도, 조용히 혼자 작업할 때보다 작가로서 자기만의 목소리를 찾기가 오히려 더 어려울 수도 있다.

궁극적으로 글은 혼자 쓰는 것이다. 그리고 궁극적으로 작가만이 자기 작품을 판단할 수 있다. 작품이 완성되었다는 판단, 즉 "이것이 내가 의도한 바이며 이대로 고수하겠다"는 판단은 오로지 작가만이 할 수 있다. 그리고 그러한 판단을 올바르게 내리려면 자기 작품을 읽는 법을 배워야 한다. 합평은 자기 비평을 훈련하는 훌륭한 방법이다. 하지만 이런 훈련은 꽤 최근에야 생겨났다. 그럼에도 작가들은 필요한 기술을 습득해왔다. 직접 해보면서 익힌 것이다.

목표

이 책은 기본적으로 워크북이다. 책에 실린 연습들은 의식을 끌어올리기 위한 것이다. 즉, 이 연습들의 목표는 산문 작법의 특정한 요소들과 스토리텔링의 특정한 기법과 형식에 대해 분명하고 강하게 인식하도록 하는 것이다. 일단 우리가 이러한 기술의 요소들을 예리하고 명확하게 인식하고 나면 그것들을 사용하고 실천할 수 있게 되며 나중에는 의식적으로 생각하지 않아도 되는 경지에 이른다. (이것이 모든 연습의 요점이다.) 바로 우리가 숙련되었기 때문이다.

숙련되었다는 것은 어떻게 해야 하는지 방법을 알고 있다는 뜻이다. 글쓰기에 숙련된 사람은 자유롭게 원하는 글을 쓸 수 있다. 또한 원하는 글이 무엇인지도 알 수 있다. 기술이 예술을 가능하게 한다.

예술에는 운이 존재한다. 재능도 존재한다. 그런 것은 얻어지지 않는다. 그러나 기술은 배울 수 있고 얻을 수 있다. 재능을 가질 만하게 배울 수 있다.

나는 글쓰기를 자기표현이나 심리 치료나 영적인 모험으로 다루지 않을 것이다. 글쓰기는 그러한 일이 될 수도 있지만 무엇보다 우선—그리고 최종적으로도—예술이며 기술이고 제작이다. 그리고 그것이 글쓰기의 기쁨이다.

무언가를 잘 제작하려면 자신을 내맡기고 온전함을 추구하고 영혼을 따라가야 한다. 무언가를 잘 제작하는 법을 배우는 데는 일생이 걸릴지도 모르지만, 그럴 가치가 있다.

스토리텔링

책의 모든 연습은 서사의 기본요소들을 다룬다. 어떻게 이야기가 흘러나오는지, 무엇이 이야기를 움직이고 방해하는지, 언어의 요소들을 살펴보는 수준에서부터 시작할 것이다.

주제는 다음과 같다.

- 언어의 소리
- 구두법, 구문, 서사적 문장과 단락
- 리듬과 반복
- 형용사와 부사
- 동사의 시제와 인칭
- 목소리와 시점
- 암시적 서술: 정보 전달하기
- 메우기, 건너뛰기, 초점, 제어

연습글을 쓸 때는 픽션을 쓰든 논픽션을 쓰든 상관없다. 서사문narrative이면 된다. 초·중·고와 대학에서 하는 글쓰기 수업이나 강의는 대개 정보를 전달하고 설명하는 설명문에 초점이 맞춰져 있다. 그러한 수업에서는 '생각을 표현하는 것'에 대해 말하지, 스토리텔링에 대해서는 말하지 않는다. 설명문의 기법과 가치관은 서사문에 적절하지 않고 심지어 문제가 되기도 한다. 정교하게 책임을 회피하는 관료주의적 언어나 인공적으로 기계화된 과학과 공학의 언어에 훈련되어 있으면 서사문을 쓰기가 힘들 수 있다. 회고록에만 혹은 픽션에만 각각 해당하는 어떤 문제들이 있을 수 있고, 나도 깨닫는 대로 언급할 것이다. 하지만 대체로 모든 서사문 작가는 같은 도구함을 사용하여 거의 같은 방식으로 작업한다.

우리가 다루는 것은 결국 서사이므로, 연습글을 쓸 때 정적인 장면이 아니라 사건이나 활동을 서술하도록 해보라. 무슨 일이든 일어나야 한다. 쿵쾅거리는 '액션'일 필요는 없다. 슈퍼마켓 복도를 걸어가는 행동이나 머릿속에서 떠오르는 생각에 대해 써도 된다. 단, 시작점과는 다른 곳에서 끝나는 움직임이 반드시 있어야 한다. 서사는 그런 것이다. 흘러간다. 움직인다. 이야기란 변화다.

연습 문제 활용에 관한 제안

연습글을 쓰기 전에 연습의 지시사항을 잘 검토하라. 보기보다 간단하지 않을 수도 있다. 지시를 따라야 연습이 유익해진다.

만약 여러분이 혼자 이 책을 보고 활용하려는 '고독한 항해사'라면 처음부터 끝까지 체계적으로 읽으며 책에 나와 있는 순서대로 연습하길 바란다. 또한 거의 만족할 때까지 한 연습에 매달렸다면 그 연습은 일단 치우고 한동안 보지 말라. 작가 대부분이 동의하는 몇 안 되는 의견 중 하나는 자신이 방금 쓴 글에 대한 스스로의 판단은 믿을 수 없다는 것이다. 자기 글의 장점과 단점을 보려면 적어도 하루나 이틀은 지나고서 봐야 한다.

시간을 가졌다면 우호적이고 희망적이고 비판적인 눈으로 글을 다시 읽어보자. (어떻게 퇴고할지도 생각해본다.) 만약 이 책에 그 연습에서 비평할 지점에 대해 제안한 내용이 있다면 이때 적용하라. 작품을 큰 소리로 읽어보라. 글을 소리 내어 읽고 들으면 리듬이 어색하거나 잘못된 부분이 드러나고, 대화를 자연스럽고 생생하게 만드는 데 도움이 된다. 장황하거나 보기 싫거나 불명확하거나 불필요하거나 설교하려 들거나 부주의한 부분이 있는지 살펴보라. 그러한 부분들이 이야기의 속도를 방해하고 이야기가 잘 먹혀들지 않게 한다. 이야기가 잘 작동하는 부분과 감탄할 만한 부분도 살펴보고 더 낫게 만들 수 있을지도 고민해보라.

만약 여러분이 '반항적인 선원들'의 구성원이라면 부록에 나와 있는 합평회에 관한 절차를 따르길 바란다. 모임과 관련한 나의 모든 제안도 그 절차를 바탕으로 한다. 나는 내가 속해 있는 모든 합평회와 리더로 참여한 모든 워크숍에 이 절차를 적용했고 도움이 되었다.

연습글은 완벽하게 마무리하지 않아도 된다. 불후의 작품일 필요 없다. 퇴고하면서도 많은 것을 배울 수 있다. 연습글이 더 큰 작품으로 이어진다면야 좋겠지만, 연습 자체로서 성공적이려면 지시사항에서 하라는 대로만 쓰면 된다. 연습에서 써야 하는 글은 대부분 매우 짧을 것이다. 한 단락 내지는 한 페이지 정도다. 만약 모임에서 글을 쓰고 낭독한다면 필수적으로 글이 짧아야 한다. 그리고 글을 짧게 지정된 길이로 쓰는 일은 그 자체가 훌륭한 훈련이다. 물론 연습글이 흥미로운 방향으로 나아간다면 나중에 더 긴 작품으로 발전될 수도 있다.

내 워크숍에 참여했던 사람들이 각 연습에서 쓸 만한 주제 혹은 구체적인 줄거리나 상황을 제시해주면 도움이 되리라고 조언했기에, 책에 그러한 것들을 제시해두었지만 반드시 활용할 필요는 없다. 이는 연습글을 쓰기 위해서 세상을 창조하는 데 시간을 보내고 싶지 않은 독자들을 위한 제안일 뿐이다.

모임에서 이 책을 함께 활용한다면 모임 시간에 즉석에서 몇몇 연습글을 써보는 시간을 가질 수도 있다. 우선 연습에 대해 토론을 한 다음 각자 글을 쓴다. 글을 끼적이는 소리만 들리도록 조용히 말이다. 30분이 절대적인 제한 시간이다. 그런 다음 각자 방금 쓴 글을 돌아가며 낭독한다. 압박이 있을 때 훌륭하고 놀라운 글이 나오는 경우가 종종 있다. 압박 아래서 글을 쓰는 데 익숙하지 않고 할 수 없다고 생각하는 이들에게 즉석 작문 시간은 굉장히 유용하다. (다 할 수 있다.) '고독한 항해사'도 이런 식으로 30분의 제한 시간을 두고 글을 쓰면 같은 효과를 얻을 수 있다.

주제마다 생각하거나 토론할 거리를 소개해두었다. '고독한 항해사'가 시간이 날 때 생각해보거나 '반항적인 선원들'이 모임에서 토론을 진행하는 데 도움이 될 것이다.

각 챕터에는 아주 뛰어난 작가들이 구사한 다양한 기법들을 보여주는 짧은 예시문들이 실려 있다. 모임에서든 혼자서든 예시문을 소리 내어 읽어보라. (혼자 소리 내어 읽는 것을 두려워하지 말라. 바보 같은 기분은 잠시뿐이고, 낭독을 통해 배운 내용은 평생 갈 것이다.) 예시문은 논의 중인 기법상의 문제에 접근하는 다양한 방식을 보여주기 위한 것일 뿐이다. 여러분이 연습글을 쓸 때 예시문처럼 접근하라는 뜻이 아니다.

만약 예시문 한두 편을 모방해보고 싶다면 그렇게 하라. 작곡이나 그림을 배우는 학생들은 훈련의 일환으로 훌륭한 곡이나 그림을 의도적으로 모방한다. 하지만 글쓰기 교사들은 독창성을 찬양하는 분위기 탓에 모방을 마치 비열한 행동처럼 취급한다. 게다가 요즘은 많은 작가가 인터넷상에서 흔하게 마주하는 부주의한 차용으로 인해 혼란스러워하며, 진짜 비열한 일인 표절과 유익한 일인 모방의 차이를 알지 못한다. 의도가 중요하다. 남의 작품을 자기 것인 양 행세하면 표절이지만, 자신의 이름과 함께 원작자 누구의 '스타일'로 썼다는 사실을 밝히면 연습이다. 패러디나 패스티시(혼성모방)가 아니라 진지하게 쓰기만 한다면, 힘들지만 흥미로운 연습이 될 수 있다. 이에 관해서는 152쪽에서 조금 더 얘기하겠다.

이 책에 인용된 예시문 대부분은 오래된 소설에서 발췌한 것이다. 현대 소설은 인용 허가를 받기가 불가능하거나 받는 데 비용이 많이 드는 경우가 종종 있기 때문이다. 그러나 내가 오래된 소설들을 사랑하고 친숙하게 여기기 때문이기도 하다. 많은 사람이 학창 시절에 잘못 배운 탓에 '고전'에 겁을 먹고 멀리하거나, 동시대 작품에서만 글쓰기를 배울 수 있다고 생각한다. 좋은 작품을 쓰고자 하는 작가는 많이 읽어야 한다. 폭넓게 읽지 않거나 현재 유행하는 작품만 읽으면 언어로 할 수 있는 것을 떠올리는 데 한계가 있을 수밖에 없다.

책에 소개된 예시문과 더 읽을거리는 모임에서 토론을 하거나 개인이 공부하기에 좋은 주제를 제공한다. 이 작가는 무엇을 하고 있는지, 어떻게 하는지, 왜 하는지, 그것이 자신의 마음에는 드는지 생각해보라. 또 다른 예시 작품을 찾고 모임에서 함께 토론하면 '반항적인 선원들' 모두에게 유익할 것이다. 그리고 '고독한 항해사'는 이 바다를 역시 건넜고 암초와 모래톱 사이로 지나가는 길을 찾아낸 작가들 중에서 가이드, 동료, 소중한 친구를 찾아낼 수도 있을 것이다.

주의: 나는 가능한 한 전문용어를 적게 쓰려고 했지만 모든 기술에는 용어가 있기 마련이다. 그래서 책의 부록에, 전문적이거나 복잡한 용어들을 설명하는 용어 해설을 마련해두었다. 그러한 용어가 처음 사용될 때는 별표*로 표시했다.

차례

1장

글의 소리

그녀는 철썩거리며 덮쳐오는 거센 파도 사이로
은백색 물고기처럼 재빨리 미끄러져갔다.

언어는 모두 소리에서 출발한다. 어떤 문장이 올바른지 검사하기 위해서는 이상하게 들리지 않는지 확인해보면 된다. 언어의 기본 요소는 물리적이다. 단어들이 소리를 만들고, 소리와 정적이 만드는 리듬이 단어들의 관계를 규정한다. 글의 의미와 아름다움은 이러한 소리와 리듬에 좌우된다. 이는 운문뿐만 아니라 산문에서도 마찬가지다. 다만 산문에서는 소리의 효과가 보통 미묘하고 언제나 불규칙할 따름이다.

아이들은 대부분 언어의 소리를 그 자체로 즐긴다. 반복, 감미로운 말소리, 아삭거리고 미끈거리는 의성어*에 흠뻑 빠져 뒹군다.

음악적이고 인상적인 말들에 홀딱 반해서 전혀 맞지도 않는 자리에 쓰곤 한다. 어떤 작가들은 어릴 때 처음 가졌던 언어의 소리에 대한 관심과 사랑을 계속 유지한다. 하지만 나머지는 나이가 들수록 글을 읽을 때나 쓸 때 이러한 구두적이고 청각적인 감각에 관심을 두지 않는다. 이는 대단한 손실이다. 자기 글에서 어떤 소리가 나는지 의식할 줄 아는 기술은 작가에게 필수적이다. 다행히도 이 기술은 연마하고 다시 얻고 일깨우기가 꽤 쉽다.

좋은 작가는 좋은 독자와 마찬가지로 마음속에 귀가 있다. 우리는 대개 글을 눈으로만 읽지만 많은 독자가 예민한 내면의 귀로 글의 소리를 듣는다. 흔히 글이 따분하다거나 들쭉날쭉하다, 단조롭다, 덜컹거린다, 맥없다는 비판을 받는 경우는 모두 글의 소리가 잘못되었기 때문이다. 생생하다거나 정돈되어 있다, 유려하다, 강인하다, 아름답다는 평가는 글의 소리가 탁월하다는 뜻이며, 우리는 읽을 때 그러한 소리를 즐긴다. 서사 작가는 내면의 귀로 자신의 글을 듣는 훈련을 해야 한다. 쓰면서 들을 수 있도록 말이다.

서사문 문장의 주된 임무는 다음 문장을 이끄는 일, 즉 이야기가 진행되게끔 하는 일이다. 이야기의 진행과 속도, 리듬은 이 책에서 종종 다시 언급될 것이다. 속도와 진행은 무엇보다 리듬에 좌우되며, 자기 글의 리듬을 느끼고 통제하려면 들어야 한다. 즉, 글의 소리에 귀 기울여야 한다.

행동이나 생각을 전달하는 것이 이야기의 전부가 아니다. 이야기는 언어로 되어 있고 언어는 음악이 그렇듯이 그 자체로 즐거움을 표현할 수 있고 또 그렇게 한다. 운문만이 멋지게 들릴 수 있는 글이 아니다. 다음 네 편의 예시문들이 어떤지 살펴보라. (소리 내어 읽어 보라! 큰 소리로 낭독하라!)

예시문 1

『아빠가 읽어주는 신기한 이야기』(레디셋고, 2014)는 풍성한 어휘, 음악적인 리듬, 극적인 어법이 담긴 걸작이다. 키플링은 수많은 아이들에게 이야기의 소리가 얼마나 말도 안 되게 아름다울 수 있는지 알게 해주었다. 그리고 그러한 말도 안 됨이나 아름다움은 아이들만 느낄 수 있는 것이 아니다.

아주 먼 옛날, 홍해의 한 인적 드문 섬에 파시교를 믿는 한 사람이 살고 있었어. 파시교도는 동양의 찬란함보다 더 번쩍이는 강렬한 햇빛을 피하려고 커다란 모자를 쓰고 있었단다. 그 파시교도는 큰 모자와 칼 그리고 아이들은 절대 만지면 안 되는 커다란 조리용 화덕을 가지고 있었어. 어느 하루 파시교도는 밀가루에 물, 건포도, 자두, 설탕을 넣어 지름이 60센티미터나 되고, 두께가 90센티미터나 되는 아주 큰 케이크 반죽을 만들었어. 정말 엄청난 반죽이었지. 파시교도는 화덕에 반죽을 넣고, 그 반죽이 갈색빛이 감돌고 고소한 냄새가 날 때까지 노릇노릇하게 정성껏 구웠단다. 파시교도가 잘 구워진 케이크를 막 먹으려는 순간, 섬 안쪽에서 코뿔소 한 마리가 나와 해변으로 다가왔어. 코뿔소는 코 위에 뿔이 하나 달려 있고, 눈은 돼지같이 생겼으며, 아주 버릇이 없었어. (중략) 코뿔소가 코로 화덕을 들이받아 뒤집어엎는 바람에 케이크는 모래밭 위에서 막 뒹굴었어. 그걸 본 코뿔소는 뿔로 케이크를 푹 찔러 와구와구 먹어버리고는 꼬리를 흔들면서 사람이 살지 않는 섬 안쪽으로 다시 사라져버렸지.

러디어드 키플링,
「코뿔소의 가죽은 왜 쭈글쭈글할까?」, 「아빠가 읽어주는 신기한 이야기」

다음 예시문은 마크 트웨인의 초기작 「캘러버러스 군의 악명 높은 점핑 개구리」에 나오는 부분으로, 완전히 청각적이고 구두적이며, 그 아름다움은 매력적인 사투리 억양에 있다. 멋지게 들리도록 쓰는 방법은 숱하게 많다.

예시문 2
"그런데, 이 스마일리라는 놈은 쥐 잡는 테리어며, 수평아리며, 수고양이며, 그런 오만 가지 동물들을 갖고 있었거든. 사람들이 가만있을 수가 없어서 이것저것 갖고 와서 내기를 걸었지만, 놈은 오는 족족 상대해주어서 결국 다들 나가떨어지고 말았지. 어느 날은 개구리를 한 마리 잡아서 집에 갖고 오더니, 그걸 훈련시킬 요량이라고 말하더군. 그래 석 달을 꼬박 아무것도 안 하고 뒤뜰에 박혀서 개구리가 점프하도록 가르치지 뭐겠는가. 스마일리가 개구리를 가르치는 데 성공한다는 데 사람들이 또 내기할 만한 상황이었지. 진짜로 성공했거든. 녀석이 개구리 엉덩이를 탁 건드리면, 그 즉시 개구리가 펄쩍 뛰어올라 도넛처럼 공중을 날아가는 거야. 처음 도약이 잘 먹혀들면 한두 바퀴 공중제비까지 넘고는 고양이처럼 땅에 착 내려앉더라고. 스마일리는 개구리를 부추겨서 파리도 잡게 만들었는데, 훈련을 얼마나 자주 시켰는지 개구리가 파리를 보자마자 매번 솜털을 잡듯이 정확히 낚아챘지. 스마일리는 개구리에게 필요한 건 훈련뿐이라 훈련만 잘 시킨다면 뭐라도 다 할 수 있다고 했네. 나는 그놈 말을 믿었지. 뭐, 이런 것도 본 적이 있거든. 그러니까 그 개구리 이름이 대니얼 웹스턴데, 녀석이 대니얼 웹스터를 여기 바닥에 이렇게 앉혀놓고는 '파리다, 대니얼, 파리!'라고 소리치니까 눈 깜짝할 사이에 펄쩍 뛰어올라서 저쪽 계산대에 있는 파리를 낚아채더니, 진흙덩어리처럼 바닥에 툭 떨어져서는, 자기가 그 어떤 개구리라도 할 수 있는 일을 했을 뿐이라는 듯이 초연한 태도로 뒷발로 옆머리를 긁적거리지 뭔가. 그토록 뛰어난 재능이 있으면서도 그토록 겸손하고 정직한 개구리란 좀처럼 없다네. 그리고 평평한 땅에서 정정당당하게 점프하는 경우에도, 자네가 본 그 어떤 개구리보다도 단숨에 가장 멀리까지 뛰었어. 평평한 땅에서 점프하기가 그놈의 특기였거든, 자네도 알겠지만. 개구리 점프로 내기만 한다 하면 스마일리는 단 1센트만 있어도 돈을 걸었지. 스마일리는 자기 개구리로 무척이나 뻐겼지만 그럴 법도 하지 않겠나. 온갖 곳을 다 여행해본 양반들도 대니 얼 웹스터가 자기들이 본 그 어떤 개구리보다 뛰어나다고 입을 모았으니 말일세."

마크 트웨인,
「캘러버러스 군의 악명 높은 점핑 개구리」, 「살인, 미스터리 그리고 결혼」
(문학수첩, 2008)

첫 번째 예시문에서는 언어의 더없이 동양적인 정취가, 두 번째 예시문에서는 청각적으로 길게 늘어지는 억양이 이야기를 진행시킨다. 두 번째와 세 번째 예시문을 보면 어휘는 쉽고 익숙하다. 하지만 무엇보다 리듬이 강하고 인상적이다. 다음으로 허스턴의 문장들을 소리 내어 읽어보면 그 안에 담긴 음악과 운율, 그리고 이야기를 진행시키는 최면에 걸린 듯 치명적인 힘에 빠져들 것이다.

예시문 3

그래서 이 이야기의 시작은 여자였고, 그녀는 죽은 사람들을 매장하고 돌아왔다. 그들은 병이 나서 아프다가 머리맡과 발치를 차지한 친구들에 둘러싸여 죽은 사람들이 아니었다. 그녀는 물에 젖어 불어터진 사람들에게서 돌아왔다. 그들은 갑작스럽게 죽은 사람들로 무슨 일인지 따져보느라 눈을 부릅뜨고 있었다.

　　해 질 녘이었기 때문에 사람들 모두 그녀가 돌아오는 것을 보았다. 해는 졌지만, 하늘에 발자국을 남겨놓았다. 길가 현관에 나와 앉아 있을 시간이었다. 이런저런 말을 들으며 이야기를 나눌 시간이었다. 이렇게 앉아 있는 사람들은 하루 종일 혀도 없고 귀도 없고 눈도 없는 도구 같은 존재들이었다. 노새와 다른 짐승들이 그들의 살갗을 차지하고 있었다. 그러나 지금은 태양과 주인이 없기 때문에 그들의 피부는 힘을 얻어서 인간다워졌다. 그들은 소리와 작은 일들의 지배자가 되었다. 여러 나라에 대한 말들이 그들의 입을 거쳐갔다. 그들은 심판하면서 앉아 있었다.

여자의 모습을 보자 그들은 예전에 쌓아두었던 부러움을 떠올리게 되었다. 그래서 그들은 마음 한구석을 씹어서 맛있게 삼켰다. 그들은 질문들로 지독한 진술서를 만들어냈고 웃음에서 살상 도구를 만들어냈다. 그것은 집단의 잔인함이었다. 활발해진 분위기, 주인 없이 걸어 다니는 말들, 노래 속 화음처럼 함께 보조를 맞추는 말들.

조라 닐 허스턴,
『그들의 눈은 신을 보고 있었다』(문예출판사, 2014)

다음 예시문에서 중년의 목장주인 톰은 일찍 찾아온 암 때문에 죽을 것을 알면서도 그에 맞서 싸우고 있다. 몰리 글로스Molly Gloss의 글은 정적이고 미묘하다. 이 글의 힘과 아름다움은 완벽한 위치와 순간에 사용된 단어들, 음악처럼 들리는 단어들의 소리, 변화하는 문장 리듬으로 인물의 감정을 담아내고 표현하는 방식에서 나온다.

예시문 4

닭들은 이미 닭장에 들어갔고 마당은 고요했다. 닭들은 해가 뜨기 전부터 하루가 시작되길 기다릴 수 없다는 듯 시간을 알리기 시작할 것이다. 그러나 그만큼 저녁에도 일찍 잠들었다. 어릴 때부터 톰은 새벽부터 울어대는 닭들의 소리를 들으며 자는 데 익숙했다. 온 가족이 그랬다. 하지만 지난 몇 주 동안 톰은 첫 번째로 일어난 암탉들이 내는 소리에도 잠에서 깨어났다. 수탉들이 우렁차게 울어대기도 전에 말이다. 아직 어두운 하루의 첫 순간에 울려 퍼지는 닭들의 울음소리가 톰에게는 기도 시각을 알리는 안젤루스의 종소리만큼 부드럽고 경건하게 느껴지기 시작했다. 그리고 그는 저녁이 두려워지기 시작했다. 마치 닭들처럼, 그림자가 길어지고 하늘에서 빛이 사라지기 시작하자마자 잠자리에 들어가 눈을 감고 싶어 했다.

톰은 헛간에 들어가 장작더미 위에 앉아서는 팔꿈치를 무릎에 내려놓은 채 몸을 앞뒤로 흔들었다. 그는 표현할 수 없는 뭔가로 인해 몸이 부어오르는 듯 느꼈고, 그냥 울어버리면 기분이 좀 나아질지도 모른다고 생각했다. 그는 앉아서 몸을 흔들다 결국 울기 시작했고, 나아지는 건 아무것도 없었다. 하지만 곧이어 크게 쿨럭이며 터지는 흐느낌에 괴로워하기 시작했다. 그의 안에 쌓여 있던 뭔가가 조금은 빠져나갈 때까지 울음은 계속되었다. 호흡이 진정되었을 때 그는 한동안 그곳에 그대로 앉아서 몸을 앞뒤로 흔들며 말똥과 지푸라기가 잔뜩 들러붙은 장화를 바라보았다. 그러고는 손수건으로 눈물을 훔치고 집으로 돌아갔고 아내와 아들과 함께 저녁 식탁에 앉았다.

몰리 글로스,
「말들의 심장The Hearts of the Horses」

++ 더 읽을거리

앨리스 워커의 『컬러 퍼플』(문학동네, 2020)은 언어의 근사한 소리를 주목할 만한 작품이다. 조용하게 힘 있는 리듬을 보려면 사라 오른 주윗Sarah Orne Jewett의 『뾰족한 전나무의 고장The Country of the Pointed Firs』이나 켄트 하루프의 『플레인송』(문학동네, 2022)을 읽어보라.

환상문학은 본질적으로 언어에 좌우되는 서사의 한 형태다. 『이상한 나라의 앨리스』를 비롯한 몇몇 영미문학의 고전 작품들이 그러한 환상문학이다. 그렇지만 청각적인 아름다움과 관련지어 생각지 않았던 작품들을 읽을 때도 귀를 기울인다면, 의미의 많은 부분이 단어들의 소리와 리듬을 통해 전달됨을 깨달을 것이다.

연습 1:
멋지게 들리도록 쓰기

1-1

한 단락에서 한 페이지 정도 분량으로, 낭독할 만한 서사문을 써보라. 의성어, 두운법*, 반복법, 리듬 효과, 지어낸 단어나 이름, 사투리 등을 사용하라. 마음에 드는 그 어떤 소리 효과도 좋지만 압운이나 운율*을 맞추지는 말라.

이번 연습을 위한 글을 쓸 때 놀듯이 즐기며 쓰기를 바란다. 직접 쓴 문장들의 소리와 리듬을 들어보고 아이들이 피리를 갖고 놀듯 가지고 놀아라. '자유로운 글쓰기'는 아니지만 글을 엄격하게 통제하지 않는다는 점에서 유사하다. 단어 그 자체, 단어의 소리, 박자와 울림을 따라가보라. 이 순간만큼은, 좋은 문체는 도드라지지 않아야 하고 좋은 예술은 기술을 감추어야 한다는 조언을 모두 잊으라. 모든 걸 뽐내어라! 우리의 훌륭한 언어가 선사하는 오케스트라를 전부 사용하라!

　이러한 글쓰기를 용납하기 어렵다면 아이들을 위해 쓴다고 생각해보라. 혹은 선조들을 위해 쓴다고 해보라. 서술자의 목소리는 어떤 것이든 좋을 대로 사용하라. 사투리나 독특한 말투에 익숙하다면 평범한 표준어 대신 써보라. 아주 시끄럽게 혹은 고요하게 써보라. 덜컹거리게 혹은 부드럽게 움직이는 단어들로 행동을 재연해보라. 일어나는 일이 단어들의 소리, 문장들의 리듬에서 일어나도록 하라. 재미있게 즐기고, 마음껏 풀어지고, 놀고, 반복하고, 마구 지어내고, 자유를 느끼라.

압운과 규칙적인 운율을 사용하지 말라고 한 말을 기억하라. 이것은 운문이 아니라 산문을 쓰는 연습이다.

'플롯'을 딱히 제안하기는 망설여지지만 글로 쓸 만한 아이디어가 필요하다면 유령 이야기의 클라이맥스를 써볼 수도 있다. 아니면 섬 하나를 창조해낸 뒤 그곳을 걸어 다니며 무슨 일이 일어나는지 묘사해볼 수도 있다.

1-2

한 단락 정도 분량으로 어떠한 행동을 묘사해보라. 아니면 기쁨이나 공포, 슬픔 등 강렬한 감정을 느끼는 한 인물을 묘사해보라. 문장들의 움직임과 리듬이 글로 쓰려는 물리적 실재를 구현하거나 재현하도록 해보라.

- **낭독하고 듣기:** 이런 연습글을 모임에서 낭독하고 들으면 굉장히 재미있을 것이다. 논평*은 그다지 필요하지 않다. 성공적으로 낭독된 글에 대한 가장 좋은 반응은 박수를 보내는 것이다.

  만약 혼자 연습하더라도 글을 소리 내어 읽어보라. 힘차게 낭독해보라. 그렇게 하면 거의 분명히 여기저기 개선할 여지를 찾아 이것저것 더 시도해보며 글의 소리를 더욱 강렬하고 생생하게 만들게 될 것이다.

- **이후에 생각하거나 토론할 거리:** 글의 소리에 집중한 결과, 자주 쓰지 않았던 독특하거나 놀라운 목소리를 낼 수 있었는가? 멋지게 들리도록 쓰는 것이 즐거웠는가, 아니면 부담스러웠는가? 그 까닭은 무엇인가?

의식적으로 '아름다운 글'을 쓰기란 생각하고 토론할 만한 문제다. 작가가 인상적이거나 시적인 산문을 쓰기 위해 눈에 띄게 노력한 소설이나 에세이를 보면 어떤 생각이 드는가? 작가가 색다르거나 옛 말투의 단어를 사용하고, 단어를 놀라운 방식으로 조합하고, 소리 효과에 열중했다면? 그런 글을 읽으며 즐겼는가? 그러한 의도적인 스타일이 산문으로서 기능했는가? 의도적인 스타일은 글이 말하는 바를 강화했는가, 아니면 집중을 흐트러뜨렸는가?

이름의 소리는 매우 흥미롭다. 유라이어 힙(찰스 디킨스의 『데이비드 코퍼필드』의 등장인물-옮긴이), 제인 에어, 빌러비드(토니 모리슨의 『빌러비드』의 등장인물-옮긴이) 등 인물의 이름과 그 소리, 그리고 소리의 울림에 숨어 있는 암시는 매우 표현적이다. 윌리엄 포크너의 '요크나파토파'(포크너의 여러 소설에 배경으로 등장하는

가상의 지역-옮긴이), 혹은 J. R. R. 톨킨의 잊을 수 없는 '로스로리엔'(톨킨의 『반지의 제왕』에 등장하는 장소-옮긴이)이나 단순하지만 강한 연상 작용을 일으키는 '미들어스Middle Earth'(중간계-옮긴이)와 같은 지명도 마찬가지다. 이름의 소리가 어떻게 이름에 의미를 부여하는지, 소설 속 이름들에 대해 생각해보면 재미있을 것이다.

멋지게 들리도록 쓰기는 반복적으로 연습하기에 아주 좋고, 글을 쓰기 전 워밍업으로 활용할 수 있다. 언어의 소리 효과를 사용하여 글을 쓸 만한 분위기를 조성해보라. 창밖 풍경이나 어질러진 책상 위 물건들을 보거나, 어제 있었던 일이나 누군가에게 들은 기묘한 이야기를 기억해보고, 그것으로 한 문장에서 세 문장 정도를 멋지게 들리도록 써보라. 그러면 금세 글쓰기의 리듬에 빨려 들어갈 것이다.

2장
구두법과
문법

빌어먹을 세미콜론들이 선장에게 소리쳤다.
전속력으로 나아가라고.

"시인들은 죽음과 쉼표에 가장 관심이 많아요." 하고 시인인 캐롤린 카이저가 내게 말한 적이 있다. 아마 산문 작가들은 삶과 쉼표에 가장 관심이 많을 것이다.

만약 구두법에 관심이 없거나 구두법을 두려워한다면 작가가 일할 때 가지고 있어야 할 가장 아름답고 우아한 도구를 일부 놓치고 있는 셈이다.

이번 주제는 1장의 주제와도 밀접하게 연관되어 있다. 구두법이 독자에게 글을 어떻게 들어야 할지 알려주기 때문이다. 구두법의 용도가 바로 그것이다. 쉼표와 마침표는 문장의 문법적 구조를 드러낸다. 문장이 어디에서 끊어지고 어디에서 쉬는지, 그래서 문장의 소리가 어떤지 보여줌으로써 내용과 감정을 명확하게 해준다.

악보를 읽을 때 쉼표를 보면 조용히 하라는 기호임을 알 것이다. 구두법의 기호들도 거의 같은 목적으로 사용된다.

마침표는 잠시 멈추라는 뜻이고 세미콜론은 쉬라는 뜻이고 쉼표는 아주 짧게 쉬거나 뭔가 변화가 있을 것이란 뜻이고 줄표는 쉬었다가 구句, phrase가 나뉜다는 뜻이다.

The period means stop for a moment the semicolon means pause and the comma means either pause very briefly or expect some change the dash is a pause that sets a phrase apart.

조금만 노력한다면 이 말이 이해될 것이다. 이 말을 이해하기 위해 했던 노력이 바로 구두점을 찍는 일과 같다.

구두법에는 확실한 규칙이 있지만 개인이 선택해야 하는 부분이 많다. 이 경우에 내가 한 선택은 다음과 같다.

마침표는—잠시—멈추라는 뜻이다. 세미콜론은 쉬라는 뜻이고, 쉼표는 짧게 쉬거나 뭔가 변화가 있을 것이란 뜻이다. 줄표는 쉬었다가 구가 나뉜다는 뜻이다.

The period means stop—for a moment. The semicolon means pause; and the comma means either pause very briefly of expect some change. The dash is a pause that sets a phrase apart.

또 다른 선택들도 가능하지만, 선택을 잘못하면 의미를 변화시키거나 완전히 잃게 만든다.

마침표는 멈추라는 뜻이다. 잠시, 세미콜론은 쉬라는 뜻이고 쉼표는 둘 중 하나를 뜻한다. 매우 짧게 쉬거나 기대하라. 어떤 것은 줄표를 변화시킨다. 그것은 구를 나누는가?

The period means stop. For a moment, the semicolon means pause and the comma means either. Pause very briefly or expect. Some change the dash. Is that sets a phrase apart?

글쓰기에 의욕적이고 다른 쪽으로는 열심히 노력하면서도 구두법은 가볍게 무시하는 사람들이 있다. 쉼표의 위치에 누가 신경을 쓴다는 말인가? 아주 예전에는 작가가 대충 써도 교열 담당자가 제 위치에 쉼표를 찍고 문법적인 실수를 교정해주었다. 그러나 요즘에는 교열 담당자를 찾아보기가 힘들다. 컴퓨터에서 구두법이나 문법*을 교정해주는 프로그램은 사용하지 말라. 그런 프로그램의 언어 능력은 한심할 정도로 낮은 수준이다. 그런 프로그램은 문장을 짧게 토막 내고 글을 흐리멍덩하게 만든다. 언어 능력은 각자의 몫이다. 홀로 나가서, 저 사람 잡는 세미콜론을 상대해야 한다.

나는 구두법을 문법과 분리하지 않는다. 넓게 보면, 문법적으로 올바른 글쓰기를 배우는 것이 구두법을 어떻게 쓰는지 배우는 것이며 그 반대도 마찬가지이기 때문이다.

내가 아는 모든 작가들은 의문이 생길 때 참고하는 문법책을 적어도 하나 이상 가지고 있다. 출판인들은 대개 『시카고 스타일 매뉴얼The Chicago Manual of Style』이 가장 권위 있다고 하지만, 그 책의 지시들은 절대적이고 가끔은 독단적이며 설명문을 쓸 때는 대부분 적합하지만 서사문에 늘 적용할 수는 없다. 영문법에 관한 대학 교재들도 거의 다 마찬가지다. 나는 윌리엄 스트렁크와 E. B. 화이트가 오래전에 쓴 『영어 글쓰기의 기본』(인간희극, 2007)을 참고한다. 이 책은 정직하고 명확하며 재미있고 유용하다. 여느 문법학자들과 마찬가지로 스트렁크과 화이트 역시 자신들의 견해에 확고하며, 따라서 거기에 반대하는 의견도 필연적으로 생겨났다. 찾아보면 좀 더 새롭고 유행에 맞는 문법책들이 있을 것이다. 뛰어나고 믿을 만한 책을 하나 소개하자면 최근에 개정된 카렌 고든Karen Elizabeth Gordon의 『균형 잡힌 문장: 무구한 자, 간절한 자, 저주받은 자를 위한 구두법 안내서The Well-Tempered Sentence: A Punctuation Handbook for the Innocent, the Eager, and the Doomed』가 있다.

고대 그리스 이래로 중세 시대에서조차 문법은 교육의 필수 요소이자 기본으로 학교에서 가르쳐왔다. 미국에서는 초등학교 저학년 과정을 '문법학교grammar school'라고 부르기도 했다. 하지만 지난 세기 말 무렵에는 많은 학교에서 문법을 거의 가르치지 않고 있었다. 왜 그런지 모르겠지만 우리는 글을 쓸 때 우리가 사용하는 도구에 대해 전혀 알지 못하는 상태로도 글을 쓸 수 있다고 생각하게 되었다. 어떠한 도구도 없이, 심지어 오렌지를 자를 칼조차 없이 오렌지즙을 짜듯 우리의 영혼을 쥐어짜서 '자신을 표현해야' 했다.

배관공이 도구 없이 부엌 싱크대를 고치기를 바라는가? 연주자가 바이올린을 어떻게 연주하는지 배우지 않고 바이올린을 연주하기를 바라는가? 말하고자 하는 바를 문장으로 표현하는 일은 배관 작업이나 바이올린 연주보다 결코 더 쉽지 않다.

문법적 정확성에 관한 견해

많은 사람이 초등학교 2학년 때 "빌리, 'It's me.'라는 말은 틀렸단다. 'It's I.'라고 해야지." 하며 우리를 꾸짖었던 선생님이 옳다고 믿는다. 또한 'Hopefully'라고 말하면 틀렸다고 하는, 문법에 깐깐한 이들 앞에서 움츠러든다. 바라건대Hopefully, 누군가는 계속

이의를 제기했으면 좋겠다.

도덕성과 문법은 연관되어 있다. 인간은 언어를 따라 살아간다. 소크라테스는 "언어의 오용은 영혼에 해를 끼친다"라고 말했다. 나는 그 문장을 오랫동안 책상 위에 꽂아두었다.

거짓말은 의도적인 언어의 오용이다. 그러나 언어는 '작은' 무지나 부주의로도 오용될 수 있으며 이는 절반의 진실과 오해, 거짓을 낳는다.

그렇게 볼 때 문법과 도덕성은 연관되어 있다. 그런 의미에서 작가의 도덕적 의무란 언어를 사려 깊게 잘 사용하는 것이다.

그렇지만 여기서 소크라테스가 정확성에 대해 말하는 것은 아니다. 정확한 어법이 도덕적으로 '옳고' 부정확한 어법이 '잘못된' 것이 아니다. 정확성은 도덕적인 문제가 아니라 사회적이고 정치적인 문제이며 대개 한 사회 계층이 내린 정의다. 정확한 어법은 영어(혹은 한 언어)를 특정한 방식으로 말하고 쓰는 사람들의 무리가 정의한다. 그리고 그러한 방식으로 말하고 쓰는 내부 사람들과 그러지 않는 외부 사람들을 나누는 일종의 시험이나 암구호 같은 것이다. 그렇다면 어느 편이 더 힘이 세겠는가?

나는 언어의 정확성을 주장하며 독선적인 태도로 남을 괴롭히는 이들을 혐오하고, 그들의 동기를 불신한다. 하지만 나는 이 책에서 아슬아슬한 갈림길을 걸어야만 한다. 특히 글쓰기에서 어법은 사회적 문제, 즉 우리가 서로를 이해하기 위해 일반적으로 사회가 합의한 사항임이 사실이기 때문이다. 일관성 없는 구문*, 잘못 쓰인 단어, 잘못 찍힌 구두점은 모두 의미를 심각하게 손상한다. 규칙을 모르면 문장이 엉망이 된다. 산문에서 부정확한 어법은 일부러 일관되게 쓴 사투리나 개인의 목소리가 아닌 이상 재앙에 가깝다. 어법에서 터무니없는 실수를 하면 이야기 전체가 무용지물이 될 수 있다.

자신이 작업하는 수단조차 잘 모르는 작가를 독자가 어떻게 신뢰하겠는가? 누가 음정이 맞지 않는 바이올린 연주에 맞춰 춤을 추겠는가?

글을 쓸 때의 기준은 말할 때와 다르다. 그럴 수밖에 없다. 말할 때는 화자의 목소리와 표정, 억양 등이 덜 맺어진 문장이나 오용된 단어를 바로잡아줄 수 있지만 글은 그럴 수 없기 때문이다. 글에는 오로지 언어밖에 없다. 언어는 반드시 명료해야 한다. 그리고 얼굴을 맞대고 하는 말에 비해, 익명의 사람들을 위해 글을 명료하게 쓰는 일은 더 많은 노력이 필요하다.

그렇기 때문에 인터넷에서 글을 쓸 때, 특히 이메일, 블로그, 댓글 등에서 보이는 위험이 얼마간 존재하는 것이다. 인터넷상의 소통이 가진 기계적인 편리함과 신속성은 기만적이다. 사람들은 급하게 글을 쓰고, 쓴 글을 다시 읽어보지 않으며, 서로 잘못 읽고, 언쟁을 벌이고, 욕설을 하고, 불을 뿜어댄다. 글도 말을 할 때처럼 이해되리라 생각했기 때문이다.

사람들이 표현되지 않은 의미까지 이해하리라는 생각은 어리석다. 자기표현과 소통을 혼동하면 위험하다.

독자는 오로지 글만 볼 수 있다. 이모티콘은 언어로 감정과 의도를 전달하는 데 실패하고 내놓는 초라한 핑곗거리에 불과하다. 인터넷은 편하지만 그곳에서 의미를 전달하기란 종이 위만큼이나 힘들다. 어쩌면 더 힘들지도 모른다. 많은 사람이 종이 위의 글보다 화면상의 글을 더 성급하고 부주의하게 읽기 때문이다.

글을 쓸 때 대화체나 일상의 언어를 사용하는 것은 얼마든지 가능하다. 그러나 복잡한 생각이나 감정을 전달하기 위해서는 일반적인 합의, 즉 사람들이 공유하는 문법과 어법의 규칙을 따라야 한다. 규칙을 깨려면 의도적이어야 한다. 규칙을 깨기 위해서는 규칙을 알아야만 한다. 실수는 혁명이 아니다.

진짜 규칙을 모르면 가짜 규칙에 속아 넘어갈 수 있다. 나는 그럴듯한 문법 용어로 좋은 글쓰기의 규칙이라고 포장한 가짜 규칙을 많이 봐왔다. 다음 예시를 보라.

가짜 규칙: 'There is'로 시작하는 문장은 수동 시제다. 좋은 작가는 절대 수동 시제를 사용하지 않는다.

좋은 작가는 'There is'로 시작하는 문장을 늘 사용한다. "그의 손목 뒤에는 흑색과부거미가 있었다There was a black widow spider on the back of his wrist." "여전히 희망이 있다There is still hope." 이러한 문장은 어떤 명사를 소개하는 존재구문이라고 한다. 이는 매우 기초적이며 아주 유용하다.

'수동 시제'라는 것은 없다. 수동과 능동은 시제가 아니라 동사의 태態다. 수동태든 능동태든 알맞은 곳에 사용했다면 정확한 어법이며 유용하다. 좋은 작가는 수동태와 능동태를 모두 사용한다.

관료나 정치인, 관리자 같은 이들은 성명서에서 책임을 회피하기 위해 'There is' 문장을 사용한다. 릭 스콧 주지사는 플로리다 주에서 열린 공화당 전당대회에서 허리케인의 위협에 대해 다음과 같이 말했다. "(허리케인의 위협이) 사라질 것이라는 기대는 없습니다There's not an anticipation that there will be a cancellation." 무고하고 유용한 문장 구조가 어떻게 오명을 쓰게 되었는지 알 것이다.

가짜 규칙을 의도적으로 깨는 사례도 있다. 다음 예시를 보라.

가짜 규칙: 영어에서 통성 대명사는 'he'이다.
규칙 깨기: "각자 자신이 쓴 글을 돌아가면서 소리 내어 읽어보라Each one in turn reads their piece aloud."

문법에 깐깐한 이들이 이 문장을 보면 틀렸다고 할 것이다. 'each one'이나 'each person'은 단수형 명사인데 'their'는 복수형 대명사이기 때문이다. 그러나 셰익스피어도 'everybody', 'anybody', 'a person' 같은 단어와 함께 'their'를 사용했다. 우리도 말할 때는 모두 그렇게 한다. (조지 버나드 쇼도 "그건 누구라도 돌아버리게 하기에 충분하다It's enough to drive anyone out of their senses"라고 말했다.)

문법학자들이 이러한 표현을 부정확하다고 말하기 시작한 것은 16, 17세기 무렵이다. 또한 그때부터 'he'가 남성과 여성 모두를 포함하는 대명사라고 주장해왔다. 가령 "낙태를 원하는 사람이 있다면 그는 자신의 부모에게 알려야만 한다If a person needs an abortion, he should be required to tell his parents"라는 문장처럼 말이다.

내가 'their'를 사용하는 방식은 사회적으로 영향을 받았으며, 원한다면 정치적으로 올바르다고 해도 좋다. 언어의 법을 만드는 이들이 무성無性 대명사를 금지하는 행위에는 사회적이고 정치적인 의미가 있으며 그 바탕에는 남성만 인원수로 집계한다는 생각이 깔려 있고, 나는 이에 의도적으로 대응하는 것이다. 나는 내가 생각하기에 가짜일 뿐만 아니라 유해하기도 한 규칙을 계속해서 깨부술 것이다. 그리고 나는 내가 무엇을, 왜 하는지 알고 있다.

이 점은 어느 작가에게나 중요하다. 작가는 자신이 언어로 무엇을, 왜 하는지 알고 있어야 한다. 그러려면 어법과 구문법을, 방해하는 규칙이 아니라 도와주는 도구로서 능숙하게 사용할 수 있을 만큼 잘 알아야 한다.

「캘러버러스 군의 악명 높은 점핑 개구리」(23~25쪽)를 다시 보자. 어법은 의도적으로 '부정확'하게 사용되었지만, 구두법은 나무랄 데 없으며 사투리와 억양이 독자의 귀에 명확하게 들리도록 하는 데 지대한 역할을 한다. 부주의한 구두법은 글의 문장을 불분명하고 보기 싫게 만든다. 현명한 구두법은 글을 깔끔하게 흘러가도록 한다. 그리고 이것이 가장 중요한 문제다.

이번 연습은 오직 생각을 끌어내기 위한 것이다. 구두법을 사용하지 않음으로써 구두법의 가치에 대해 생각해보도록 하겠다.

연습 2:
주제 사라마구가 되어보기

구두법을 사용하지 않고 한 단락에서 한 페이지 정도(원고지 4~10매) 되는 서사문을 써보라. (단락을 나누지도 말고 문장을 끊는 다른 장치도 쓰지 말라.)

제안 주제: 혁명이나 교통사고 현장, 하루 한정 세일 판매가 개시된 몇 분 동안의 풍경처럼 서둘러야 하거나 정신없거나 혼란스러운 상황에 엮인 한 무리의 사람들에 대해 써보라.

- **모임에서:** 이번 한 번만 처음으로 조용히 눈으로만 글을 읽어보라. 작가가 자기 글을 낭독하면 십중팔구는 이해하기에 그다지 어렵지 않을 것이다. 작가가 읽어주지 않아도 글이 이해할 만했는가?

- **연습글을 논평할 때 생각하거나 토론할 거리:** 끊어지지 않고 이어지는 글의 흐름이 얼마나 주제에 잘 들어맞는가? 구두점이 없이 흘러가는 글이 실제로 얼마만큼 서사를 만들어내는가?

- **쓴 뒤에 생각할 거리:** 글쓰기가 어떻게 느껴졌는가? 일반적인 부호와 표시, 끊는 장치를 사용하는 글쓰기와 어떻게 달랐는가? 평소에 글을 쓰던 방식과 다르게 쓰게 되었는가? 혹은 쓰려 했던 주제에

대한 색다른 접근방식을 발견했는가? 그 과정이 가치가 있었는가? 결과물은 읽을 만한가?

만약 구두법에 대해 생각하기를 대체로 외면해왔다면, 좋아하는 서사문 몇 단락을 혼자 앉아서 세밀하게 읽어보고 거기 나와 있는 구두점을 공부해보라. 작가는 무엇을 하고 있는가? 왜 문장을 그런 식으로 끊었는가? 왜 거기서 문장을 쉬었는가? 구두법이 실제로 얼마나 글의 리듬을 만들었는가? 어떻게 그럴 수 있었는가?

- **일주일 후에 다시 쓰기:** 연습 때 썼던 글을 일주일 정도 지난 후에 다시 살펴보며 구두점을 찍어보면 흥미로울 것이다. 이전에는 구두점 없이 글 자체만으로 의미를 명확하게 할 방법을 찾아야만 했다. 여기에 구두점을 찍으려면 글을 다시 써야 할 수도 있다. 구두점이 있는 글과 없는 글 중 어느 쪽이 더 낫다고 생각하는가?

나는 어릴 때 퍼즐책에서 네 부분으로 된 문장을 읽고 구두법의 힘, 특히 세미콜론의 목적을 극적으로 느낄 수 있었다. 그 문장의 구두점이 없는 버전은 다음과 같다.

All that is is all that is not is not that that is is not that that is not that is all.

이 문장이 말이 되게 하는 데 필요한 것은 세미콜론 3개뿐이다. 마침표를 사용할 수도 있지만 그러면 문장이 덜컹거릴 것이다.

3장

문장 길이와
복합문

바람이 잦아들었다. 돛이 느슨해졌다. 배가 느려지고 멈췄다.
우리는 더 이상 갈 수 없었다.

문장은 불가사의한 존재다. 나는 여기서 문장이 어떤 존재인지 밝히기보다는 어떤 기능을 하는지에 대해서만 말할 것이다.

서사문에서 문장의 주된 임무는 다음 문장을 이끄는 일이다.

물론 서사문 문장은 이 기본적이고도 눈에 띄지 않는 일 외에도, 귀에 들리고 감지할 수 있는 아름답고 놀랍고 강력한 일을 무한히 할 수 있다. 그런 일을 하기 위해서는 무엇보다 한 가지 특성이 필요하다. 바로 일관성이다. 문장은 반드시 일관되어야 한다.

비일관적이고 아무렇게나 뻗어나가고 대충 짜 맞춘 문장은 매끄럽게 다음 문장을 이끌 수 없다. 자신조차 일관되지 못하기 때문이다. 좋은 문법은 좋은 공학 기술과 거의 비슷하다. 각 부분이 작동해서 돌아가는 기계처럼 말이다. 부주의하게 사용된 문법은 보기 싫은 디자인일 뿐만 아니라 기어에 낀 모래, 사이즈가 맞지 않는 마개 등과 같다.

문장을 쓸 때 흔히 일어나는 문제들을 몇 가지 살펴보자. 첫 번째 것이 가장 흔히 저지르는 실수다.

잘못된 순서

- 그녀는 일어서고 코가 부러지며 넘어졌다She fell down as she stood up and broke her nose.

- 대화는 온통 지루한 사고에 대한 얘기뿐이었다The conversation was all about the accident which was very boring.

- 그는 시험을 볼 때 합격하리라 확신했다He was sure when the test came he could pass it.

(책상에 놓인 시험지를 봤을 때 쉽다는 생각이 들었다는 뜻인가, 시험지를 언제 받든 준비가 되었다고 확신했다는 뜻인가?)

- 불필요한 그녀는 그의 이메일에 신경질적인 답장을 보냈다.
- 그녀는 그의 이메일에 신경질적인 답장을 보냈는데, 불필요한 일이었다.

- 그녀는 불필요하게 그의 이메일에 신경질적인 답장을 보냈다.

이렇게 생각해보자. 문장의 각 부분이 잘 들어맞는 최선의 방법이 하나 있다. 그것을 찾는 일이 작가의 임무다. 퇴고를 위해 다시 읽어보기 전까지는 무엇이 어긋났는지 발견하지 못할 수도 있다. 문장을 고치기 위해서는 순서를 살짝 바꾸기만 해도 될 수 있고, 아예 문장 전체를 다시 생각하고 다시 써야 할 수도 있다. (앞의 세 문장과 이메일에 관한 문장을 어떻게 고치면 좋겠는가?)

현수분사 구문

- 커다란 오크나무가 집을 나서자 그들 위로 높이 솟아 있었다Leaving the house, a giant oak towered over them.
- 소파는 맛있는 저녁을 다 먹은 뒤 불룩하고 유혹적으로 보였다After eating a good dinner, the sofa looks plump and alluring.

거의 모든 작가들이 현수분사 구문(분사 구문의 의미상 주어가 주절의 주어와 다른데도 의미상의 주어를 밝히지 않은 구문을 말한다-옮긴이)을 그대로 남겨둔다. 그중 일부는 해롭지 않지만, 걸어 다니는 나무나 육식 소파는 배경을 엉망으로 만든다.

접속사

- 그들은 행복했고, 그리고 춤을 추고 싶은 기분이었고, 그리고 헤밍 웨이를 너무 많이 읽었다고 느꼈으며, 그리고 밤이었다.

- 그들은 행복해지고 싶었지만, 그러나 춤을 추기에는 너무 어두웠고, 그러나 어쨌든 아무도 적당한 음악을 갖고 있지 않았다.

짧은 문장들을 접속사로 엮는 버릇은 문체상 적절하긴 하지만, 생각 없이 사용되면 어린아이가 웅얼거리는 것처럼 들려서 이야기를 따라가기 어렵게 만든다.

작가는 독자들이 이야기를 따라오기를 바란다. 작가는 '피리 부는 사나이'다. 문장은 그가 연주하는 음악이며 독자는 그걸 듣고 따라가는 아이들(혹은 쥐)이다.

역설적이게도 피리소리가 너무 화려하면, 즉 문장이 너무 특이하거나 장식적이면 독자는 흥미를 잃고 따라가지 않을 수도 있다. "사랑하는 것들을 없애라killing your darlings"(윌리엄 포크너와 스티븐 킹 등이 했던 글쓰기에 관한 조언으로, 작가가 좋아하는 표현이나 인물 등이 오히려 글에 방해가 될 수 있으므로 삭제하라는 뜻이다-옮긴이)라는, 지나치게 인용되어 이제는 듣기 싫은 조언을 적용할 때다. 지나치게 웅장한 문장은 이야기를 멈추게 한다. 순서가 너무 갑작스럽거나 형용사와 부사가 너무 두드러지거나 직유*나 은유*가 너무 화려하면 문장은 서사문의 문장으로서 기능하지 못한다.

그리고 독자는 글을 읽다 말고 심지어 '오!'라고 말할 것이다.

시는 그렇게 해도 된다. 시에서는 독자가 단 한 줄이나 몇 단어만 읽고도 숨을 멈추고 울며, 아름다움을 느끼기 위해 읽던 것을 멈추고 그 순간을 붙잡을 수 있다. 그리고 나보코프 같은 작가의 정교하고 화려한 산문도 많은 이의 감탄을 자아내지만, 나는 나보코프를 읽을 때 매 순간 감탄하느라 이야기의 흐름을 잘 따라가지 못했다.

모든 문장이 우아하게 흘러가야 하는 것은 맞지만 산문에 적절한 아름다움과 힘은 작품 전체에 있다고 생각한다.

이 책의 첫 번째 연습이 '멋지게 들리도록 쓰기'였던 이유는 좋은 글은 언제나 귀에 듣기 좋다는 도외시되어온 사실에서 출발하고 싶었기 때문이다. 그러나 좋은 서사문, 특히 긴 서사문에서는 단어의 즉각적인 화려함보다는 소리, 리듬, 배경, 인물, 사건, 상호작용, 대화, 감정 등 모든 것이 합쳐져서 우리의 숨을 멈추게 하고 울게 만든다. 그리고 페이지를 넘겨 다음에 무슨 일이 일어나는지 알아보게 만든다. 그러므로 한 장면이 끝날 때까지 각 문장은 다음 문장을 이끌어야만 한다.

모든 문장에는 각자의 리듬이 있고 그 리듬들이 모여 작품 전체의 리듬을 이룬다. 리듬이 있기에 노래가 흘러가고 말이 달리고 이야기가 움직이는 것이다.

그리고 산문의 리듬은 문장의 길이에 크게 좌우된다.

아이들에게 글을 이해할 수 있도록 쓰라고 가르치는 선생님들, '명료한' 문체를 알려주는 글쓰기 교과서들, 이상한 규칙과 미신을 가진 기자들, 스릴러 작가들—이들의 머릿속은 좋은 문장이란 오로지 짧은 문장이라는 생각으로 가득 차 있다.

짧은 문장만 좋다는 건 유죄 판결을 받은 범죄자들에게나 해당되지, 나는 동의할 수 없다.

또 이러한 생각이 위험한 이유는 사람들이 복잡한 문장을 쓰지 못하게 할 뿐만 아니라 읽지도 못하게 만들기 때문이다. "오, 나는 디킨스는 못 읽어요. 문장이 너무 길어요." 지나친 단순화 과정이 우리의 문학을 빼앗아가고 있다.

아주 짧은 문장은 단독으로 나오든 연속적으로 이어지든 간에 올바른 위치에 쓰인다면야 매우 효과적이다. 그러나 짧고 단순한 구조의 문장들로만 구성된 산문은 단조롭고 툭툭 끊어지며 거슬린다. 짧은 문장으로 된 산문이 무척 길게 이어지면 내용과는 상관없이 쿵쿵하는 박자 때문에 단순하게 들리고 얼마 안 가 지루하게 느껴진다. "멍멍이를 봐요. 제인을 봐요. 멍멍이가 제인을 물어요."

짧은 문장으로 된 산문이 '우리가 말하는 방식에 더 가깝다'는 생각은 근거 없는 믿음이다. 작가는 글을 쓸 때 생각하고 수정할 수 있으므로 말을 할 때보다 더 신중하게 문장을 쓸 수 있다. 그러나 종종 사람들은 글을 쓸 때보다 말을 할 때 문장을 더 길게 늘이고 잘 결합*시킨다. 우리는 절*과 수식어를 풍부하게 사용해서 복잡한 생각을 말하더라도 알아듣는다. 받아쓰기를 시키는 사람들의 말은 실로 장황하기로 악명 높다. 헨리 제임스가 비서에게 소설을 불러주는 대로 받아쓰라고 했을 때, 절 안에 절을 끼워 넣고 수식어와 덧붙이는 어구를 삽입하는 그의 성향이 너무 과해진 나머지 서사의 흐름이 막히고 자칫하면 자기 풍자에 빠질 지경이었다. 산문을 주의 깊게 듣는 일은 그 목소리와 사랑에 빠지는 일과는 다르다.

긴 문장, 복문, 내포절*, 그 밖의 모든 구문론적인 틀*을 주로 사용한 서사문에는 주의를 기울여야 한다. 긴 문장은 주의 깊게 잘 알고서 다루어야 하며 튼튼하게 구축해야 한다. 각 부분이 명확하게 연결되어야 독자가 수월하게 따라갈 수 있게 흘러간다. 놀랄 만큼 유연한 복문의 연결은 좋은 속도를 내고 계속 달릴 수 있는 준비가 되어 있는 장거리 달리기 선수의 근육 및 힘줄과도 같다.

최적의 문장 길이라는 것은 없다. 최적의 길이는 다양하다. 좋은 산문에서 문장의 길이는 앞뒤 문장들과 대조되고 상호작용하며, 문장의 내용과 기능이 무엇인지에 따라 정해진다.

"케이트가 총을 쏜다."는 짧은 문장이다.

"케이트는 남편이 그녀의 말에 그다지 귀를 기울이지 않는다는 것을 눈치채지만, 남편이 귀를 기울이든 말든 별로 신경 쓰지 않는 자기 자신을 또한 깨닫고서, 이러한 감정적 결핍이 지금 당장 생각하고 싶지 않은 무언가의 불길한 증상일지도 모른다는 느낌이 든다." 이런 주제는 어느 정도 길게 풀어낼 수 있는 복잡한 문장이 필요할 만하다.

퇴고할 때는 문장 길이가 얼마나 다양한지 의식적으로 확인해보라. 짧고 툭툭 끊기는 문장 때문에 덜컹거리거나 혹은 긴 문장의 늪에 빠져 허우적거린다면 문장 길이를 조절하여 리듬과 속도를 다양하게 바꾸어라.

예시문 5

제인 오스틴의 소설은 아직 18세기의 균형 잡힌 문체에 거의 가까워서 현대 독자가 듣기에는 장엄하거나 지나치게 짜 맞춘 듯이 느껴질 수도 있다. 하지만 소리 내어 읽어보면 놀랍게도 쉽게 읽히며, 글이 얼마나 생동감 넘치고 다채로운지 알 수 있고 글의 부드러운 힘을 느낄 수 있다. (오스틴의 소설을 각색한 여러 영화에 나오는 대사들은 책에서 거의 그대로 따온 것이다.) 구문은 복잡하지만 명료하다. 많은 경우에 문장을 길게 연결하는 것은 세미콜론이다. 만약 오스틴이 세미콜론 대신 마침표를 사용했어도 대부분의 문장이 똑같이 '정확'했을 것이다. 그런데 오스틴은 왜 그러지 않았을까?

두 번째 단락은 하나의 문장으로 되어 있다(한국어판에서는 그렇지 않지만 원문을 보면 단락 전체가 세미콜론으로 연결되어 있다 - 옮긴이). 소리 내어 읽어보면 어떻게 문장의 길이가 마지막 절에 무게를 실어주는지 느껴질 것이다. 하지만 그렇다고 해서 무겁지는 않다. 반복되는 리듬이 문장을 끊어주기 때문이다. "애정 없는 결혼이 얼마나 참혹하고 얼마나 용납이 안 되고 얼마나 절망적이고 얼마나 부당한 일인지…"

토머스 경은 노리스 부인이 패니에게 가하는 전체적인 비난이 전적으로 부당하다고 생각했으나, 자신도 겨우 조금 전에 같은 의향을 밝힌 터라서 뭐라고 할 수는 없고 다만 화제를 돌리려고 노력할 따름이었다. 하지만 그것도 몇 번을 시도한 뒤에야 먹혔는데, 왜냐하면 노리스 부인은 워낙 안목이 없어서, 토머스 경이 조카딸 패니를 정말로 좋게 생각하고 있으며 조카딸을 비하해서 자기 자녀들의 장점을 돋보이게 하고 싶어 하는 인간과는 매우 거리가 멀다는 사실을 그때나 다른 어떤 때나 전혀 눈치채지 못했기 때문이다. 노리스 부인은 그렇게 혼자 말도 없이 산책을 가면 안 된다고 저녁 식사가 반쯤 지날 때까지 내내 패니를 일방적으로 꾸짖고 화를 내고 있었다.

그러나 결국은 그것도 끝났다. 식사가 끝났을 땐 늦은 저녁이었다. 해가 져가면서 패니는 더 침착해졌고, 폭풍우 같던 그날 아침에는 기대하지도 못했던 쾌활한 기분이 밀려왔다. 하지만 무엇보다도 그녀는 자신이 옳았으며 잘못된 판단을 하지 않았다고 믿었다. 그녀는 자신의 의도가 순수했다는 점에서 우선 떳떳했으며, 또한 숙부의 언짢은 기분이 누그러들고 있고 앞으로 더더욱 누그러들리라고 충분히 기대할 수 있었다. 숙부는 선량한 사람이니만큼, 그 문제를 더 공평하게 생각하면 할수록 애정 없는 결혼이 얼마나 참혹하고 얼마나 용납이 안 되고 얼마나 절망적이고 얼마나 부당한 일인지를 마땅히 느끼게 될 테니까.

패니는 내일 억지로 치러야 할 그 면담만 끝나고 나면 그 문제는 마침내 결판이 날 테고, 그래서 크로퍼드 씨가 맨스필드를 일단 떠나면 모든 건 그런 일이 애초에 일어나지도 않았다는 듯이 원래대로 돌아오리라는 행복한 기대를 하지 않을 수가 없었다. 그녀는 크로퍼드 씨가 그녀에 대한 애정 때문에 오래 괴로워하리라고는 믿고 싶지도 않았고 믿을 수도 없었다. 그는 그런 부류의 사람이 아니다. 런던은 금세 그를 치유해줄 것이다. 런던에서 지내다 보면 곧 그는 한때의 열정을 자기도 의아하게 여기게 될 테고, 패니가 제정신이었던 덕분에 자신이 불행한 결말로 빠져들지 않았다고 생각하고 그녀에게 감사하게 될 것이다.

제인 오스틴,
『맨스필드 파크』(현대문화센터, 2007)

예시문 6

『톰 아저씨의 오두막집』에 나오는 이 재미있는 부분에서 스토는 끊임없이 이어지는 덜컹거리고 혼란스러운 여행을 의성어로 묘사하며, 느슨하게 연결된 긴 문장 몇 개만 사용하고 있다. 스토는 '훌륭한 문체주의자'라고 할 수는 없지만 일급 이야기꾼임은 확실하다. 스토의 산문은 그녀가 원하는 대로 굴러가며 우리를 쉼 없이 데리고 간다.

우리의 상원의원은 그런 길을 덜컹덜컹 달리는 상황에서도 끊임없이 도덕적 반성을 하고 있었고—마차는 쾅! 쾅! 쾅! 철퍽! 진창에 빠지며 나아가는데—상원의원, 여자, 아이는 그럴 때마다 불쑥 뒤흔들려 제대로 몸을 가눌 틈도 없이 내리막 쪽 창문에 부딪혔다. 마차가 진창에 단단히 빠지자 쿠조가 밖에서 말들을 힘껏 부추기는 소리가 들린다. 아무리 끌고 당기고 해도 아무런 효과가 없어서 상원의원의 인내심이 모두 바닥나려는 참에, 마차가 갑자기 퉁 튕겨 나와 제자리에 서는 듯하더니만, 이번에는 두 앞바퀴가 다른 구렁텅이에 빠져버리는 통에 상원의원, 여자, 아이는 모두 앞좌석으로 튕겨 나가 뒹굴고—상원의원은 꽤 소탈하게도 모자를 눈과 코까지 푹 눌러쓴 꼴이 되어 무안해지고, 아이는 울어젖히고, 밖에서 쿠조는 연설하듯이 우렁차게 소리치면서 연신 채찍질을 해대니 말들은 발길질하고 버둥거리고 낑낑거린다. 마차가 또 한 번 퉁 튀어 올라—이번에는 뒷바퀴가 진창에 빠지고—상원의원, 여자, 아이가 뒷좌석으로 날아가면서 의원의 팔꿈치는 여자의 보닛에 부닥치고 여자의 두 발은 의원의 모자를 후려쳐 날려버린다. 잠시 뒤에 그 '수렁'을 벗어나자, 말들은 멈춰 서서 헐떡거리고 상원의원은 모자를 찾고 여자는 보닛 끈을 고쳐 매며 아이를 쉬쉬 달랜 다음, 다음에 또 무슨 일이 닥칠지 대비하며 정신을 바싹 차린다.

해리엇 비처 스토,
『톰 아저씨의 오두막집』(대교출판, 2008)

예시문 7

『허클베리 핀의 모험』에 나오는 이 아름다운 단락은 여러 측면에서 좋은 예가 될 수 있지만 여기서는 매우 긴 문장의 예시로 사용하겠다. 긴 문장을 이루는 짧은 부분들은 세미콜론으로 연결되어 있으며 리듬뿐만 아니라 이야기하는 사람의 목소리 특징(조용함)까지 잡아낸다. 이 단락은 연설하거나 크게 노래하듯 읽을 수 없다. 글 자체에 목소리가 담겨 있다. 바로 절제되고 전혀 잘난 척하지 않는 허클베리의 목소리다. 그 목소리는 평온하고 부드러우며 조곤조곤하다. 강물처럼 조용히 그리고 날이 밝아오듯이 확실히 흘러간다. 단어들은 대체로 짧고 단순하다. 여기에는 문법학자들이 '부정확'하다고 할 만한 구문이 있다. 바로 물살에 부려져 잠긴 나무를 묘사한 부분이다. 강물이 나뭇가지에 막혔다가 다시 흘러가듯 글도 이 부분에서 막혔다가 다시 흘러간다. 그러곤 죽은 물고기가 좀 나오고 해가 떠오른다. 모든 문학 작품 가운데 가장 훌륭한 일출 장면이다.

… 그리고 우리는 모래톱에 자리 잡고 앉아 무릎까지 올라오는 물에 다리를 담그고 먼동이 터오는 풍경을 바라보았다. 아무 데서도 아무 소리도 들리지 않았다—마치 온 세상이 잠든 것처럼 완벽하게 고요했으며, 이따금씩 황소개구리가 지껄이는 소리가 들릴 뿐이었다. 물 너머를 내다보면 먼저 눈에 들어오는 희미한 선 같은 것이 있고 맞은편에 숲이 보였는데 그 외에는 아무것도 알아볼 수가 없었고, 그런 다음 하늘을 보면 희부연 데가 있다 싶더니 그 희부연 색깔이 주위로 퍼져나갔다. 그런 다음 강은 멀리서부터 부드러워지더니 더 이상 까맣지 않고 잿빛이 되었고, 아주 멀리서 작고 까만 점들처럼 보이는 장삿배나 뭐 그런 것들이랑, 길고 검은 줄무늬처럼 보이는 뗏목들이 흘러오고 있었다. 삐걱삐걱 노 젓는 소리며 어수선하게 섞인 목소리들이 이따금씩 들려왔다. 주위가 너무나도 조용해서 소리가 무척 멀리까지 전해져왔다. 그리고 물 위에 차차 줄무늬가 하나 떠올랐는데, 그 줄무늬 모양은 빠른 물결 속에 부러져 잠긴 나뭇가지가 거기 있어서 비치는 것임을 알 수 있었다. 안개가 물에서 피어오르고 동쪽 하늘과 물이 붉게 밝아오니 멀리 맞은편 강기슭 숲 가장자리에 통나무 오두막집이 한 채 보였지만, 사람들이 거기서 통나무를 떼어내 쌓아놓은 통에 그 일대는 거의 목재 하치장이 되어 있었고 오두막집은 개를 한 마리 아무 방향에서나 던지면 숭숭 빠져나갈 정도로 앙상해져 있었다. 그때 상쾌한 산들바람이 저쪽에서부터 숲과 꽃들의 달콤한 향을 싣고 솔솔 불어와 아주 시원하고 신선했다.

하지만 계속 그렇지만도 않아서, 사람들이 버려두고 간 죽은 물고기나 동갈치나 그런 것들 때문에 냄새가 꽤 고약해지기도 했다. 그러고 있으려니 아침 해가 완전히 떠올라 모든 것이 햇빛 속에서 미소를 짓고, 새들이 맹렬히 노래하기 시작했다!

마크 트웨인,
『허클베리 핀의 모험』(민음사, 1998)

예시문 8

이번 예시문에서는 다양한 문장 길이, 복잡한 구문, 괄호 삽입구를 살펴보자. 그러한 것들이 만들어낸 리듬은 흐르고 끊어지고 쉬고 다시 흐르다가 한 마디 문장으로 끝맺어진다.

그때 정말 평화는 찾아왔다. 평화의 메시지들이 바다에서 해안으로 불어왔다. 다시는 평화의 잠을 망치는 일이 없고, 오히려 그것을 더 잘 달래서 쉬게 하고, 꿈꾸는 사람들이 성스럽게 현명하게 무슨 꿈을 꾸든지 간에 그것을 확인하도록—또 그것은 무엇을 속삭이고 있는 걸까—릴리 브리스코우가 깨끗하고 조용한 방에서 베개를 베고 누워 바다 소리를 듣고 있었을 때 평화는 그렇게 찾아왔다. 열려진 창을 통해 세상의 아름다움의 목소리가 내용을 정확하게 알아듣기에는 너무나도 부드럽게 속삭여왔다—하지만 그 의미가 분명하다 한들 무슨 대수냐? 잠자는 사람들에게, (그 집은 다시 만원이었으니, 벡위스 부인이 거기 머물고 있었으며, 카마이클 씨도 머물고 있었다) 만약에 그들이 실제로 해안에 내려오지 않는다면 적어도 블라인드를 젖히고 내다보기라도 하라고 간청하면서. 그러면 그들은 밤이 보랏빛으로 흘러내려오는 것을 보게 될 것이었으니, 밤은 머리에는 왕관을 쓰고, 그의 홀笏에는 보석 장식이 되어 있고, 눈에는 어린아이라도 볼 수 있을 정도의 자애를 담고, 그리고 만약에 그들이 아직도 비틀거리면, (릴리는 여행하느라고 완전히 지쳐서 거의 즉시 잠이 들었으나 카마이클 씨는 촛불을 밝히고 책을 읽었다) 만약 그래도 그들이 아니라고 하면, 이 찬란함이 덧없는 수증기이고, 이슬이 그보다 힘이 더 강하다고 한다면, 그리고 그들이 잠자기를 더 좋아하면, 그러면 부드럽게 불평이나 논쟁을 하지 않고 노래를 부를 것이었다. 부드럽게 파도는 부서질 것이었다. (릴리는 자면서 파도 소리를 들었다.) 부드럽게 빛이 떨어졌다. (그것은 그녀의 눈꺼풀을 통해서 오는 듯했다.) 그리고 카마이클 씨는 책장을 덮고 잠이 들면서 늘 그랬던 것처럼 그 모든 것이 늘 그랬던 것처럼 그렇게 보인다고 생각했다.

진실로 어둠의 커튼이 집, 벡위스 부인, 카마이클 씨 그리고 릴리 브리스코우를 덮어씌워서 그들이 눈 위에 몇 겹의 어둠을 느끼고 누워 있을 때 그 목소리는 다시 왜 이것을 받아들여서 이것에 만족하고 순종하고 체념하지 않느냐고 말할 것이다. 섬들 주위에서 규칙적으로 부서지는 파도의 한숨은 그들을 위로해주었고, 밤은 그들을 감싸주었으며, 그들의 잠을 방해하는 것은 아무것도 없었는데, 마침내 새들이 노래 부르기 시작하고, 여명이 그들의 가느다란 목소리들을 하얀색으로 끼워 넣고, 짐마차가 소리를 내며 지나가고, 개가 어디선가 짖고, 태양은 장막들을 거두고, 그들의 눈 위의 베일을 치우고, 릴리 브리스코우는 자면서 몸을 뒤척이고 있었다. 그녀는 추락하는 자가 절벽 가장자리에 있는 잔디를 움켜잡듯이 담요를 부여잡았다. 그녀의 눈은 이제 활짝 열렸다. 침대에서 벌떡 일어나 똑바로 앉으면서 드디어 이곳에 다시 왔구나, 하고 생각했다.

버지니아 울프,
「시간이 흐르다」, 『등대로』(솔, 2019)

++ **더 읽을거리**

버지니아 울프의 생각과 작품은 그 자체로도 훌륭한 데다가 글쓰기에 대해 고민하는 모든 이에게 유용하다. 울프가 쓴 산문의 리듬은 내가 보기에 영미 소설 가운데 가장 섬세하고 강력하다.

울프는 작가 친구에게 쓴 편지에서 이 문제에 관해 이렇게 말했다.

"문체는 무척 단순한 문제예요. 모두 리듬이거든요. 일단 리듬을 얻기만 하면 잘못된 말은 쓰지 않게 되죠. 하지만 반면에 올바른 리듬이 없으면 잔뜩 쌓인 생각이며 상상이며 그런 것들을 풀어놓을 수가 없어서 이렇게 아침 반나절 동안 앉아만 있는 것이죠. 이쯤 되면 리듬이 무엇이냐 하는 문제는 무척 심오해지고, 언어보다 훨씬 더 깊이 들어가요. 풍경, 감정은 거기에 들어맞는 말을 만들기도 한참 전에 마음속에서 이런 파도를 창조해내죠."

나는 작가가 하는 일의 한가운데에 있는 불가사의를 이보다 더 잘 설명하는 글을 읽은 적이 없다.

패트릭 오브라이언의 해양 모험소설 연작(시리즈의 첫 번째 책은 『마스터 앤드 커맨더』(황금가지, 2008)다)은 문장들이 너무나도 명료하고 생생하고 유려한 나머지 그렇게까지 길게 이어지는 것이 믿기지 않을 정도다. 가브리엘 가르시아 마르케스는 몇 편의 소설에서 문장을 끊지 않거나 단락을 짓지 않는 실험적인 시도를 보여준다. 아주 짧은 문장들 혹은 짧은 부분들로 쌓아 올려진 긴 문장들을 '그리고'로 엮는 법에 대해서는 거트루드 스타인이나 그에게 많은 것을 배운 어니스트 헤밍웨이의 작품들을 보라.

연습 3:
짧은 문장과 긴 문장

3-1

한 단락 정도 분량(원고지 3~4매)의 서사문을 써보라. 한 문장 안에는
7개 이하의 단어만 사용한다. 불완전한 문장*은 안 된다! 각 문장에는
주어와 서술어가 있어야 한다.

3-2

반 페이지나 한 페이지 분량(최대 원고지 10매)의 서사문을 써보라. 이번
에는 글 전체를 단 한 문장으로 쓴다.

제안 주제: 3-1에서는 긴장감 있고 격렬한 사건을 써보라. 가령 누군가
잠들어 있는 방에 도둑이 들어가는 장면처럼 말이다. 3-2에서는 허구이
든 실제이든 어떤 가족의 기억에 대해 써보라. 예를 들어 저녁 식탁이나
병원 침상 같은 곳에서 벌어지는 중요한 순간의 이야기 말이다. 매우 긴
문장은 강력하고 감정을 끌어모으고 많은 인물을 한데 끌어모으는 데 적
합하다.

- **주의:** 짧은 문장이라고 해서 단어도 짧아야 할 필요는 없다. 마찬가지로 긴 문장이라고 단어도 길어야 할 필요는 없다.

- **논평할 때:** 짧은 문장이나 긴 문장이 해당 이야기에 얼마나 잘 들어맞는지 토론해보면 흥미로울 것이다. 짧은 문장들이 자연스럽게 읽히는가? 긴 문장은 어떻게 구축되었는가, 꼼꼼하게 연결되었는가 아니면 한번에 쏟아지는가? 긴 문장의 구문은 독자가 길을 잃고 앞으로 돌아가 다시 읽어야 하지 않을 정도로 명료하고 확실한가? 쉽게 읽히는가?

- **쓴 뒤에 생각하거나 토론할 거리:** 두 연습글 중 하나라도 평소라면 절대 쓰지 않는 방식으로 쓰게 되었는가? 그렇다면 그 경험이 즐거웠는지, 유익했는지, 미칠 지경이었는지, 깨달음을 주었는지 등을 생각해보라. 그리고 그 이유도 생각해보라.

이번 연습을 통해 산문 문체의 중요한 요소인 문장 길이에 흥미가 생겼다면 나중에 좀 더 연습해볼 수 있다.

연습 3을 다시 할 때의 선택지

3-1-1

이전 연습글을 작가적인 문어체로 썼다면, 같은 주제로든 다른 주제로든 구어체*로 써보라. 심지어 사투리를 써도 좋다. 가령 한 인물이 다른 인물에게 이야기하고 있는 상황이 될 수 있다.

이전 글을 구어체로 썼다면, 이번에는 좀 거리를 두고 객관적이고 작가적인 방식으로 써보라.

3-2-1

이전에 쓴 긴 문장이 구문론적으로 단순하게 '그리고'나 세미콜론으로만 연결되었다면 복잡한 절과 같은 장치를 써보라. 어떻게 하는지 헨리 제임스에게 보여주어라.

이미 그렇게 했다면 이번에는 '그리고'나 줄표 등을 사용해서 더 '급류'처럼 쏟아지게 써보라. 쏟아져 넘치게 하라!

3-1과 3-2에서 두 가지 문장 길이로 각각 다른 이야기를 썼다면, 이번에는 한 가지 이야기를 양쪽 방식 모두로 써보고 이야기가 어떻게 변하는지 살펴보라.

여기서 단락도 논해야만 한다. 문장과 마찬가지로 단락도 서사문을 하나의 완전체로 연결하고 정돈하는 데 핵심적인 요소이기 때문이다. 그러나 단락을 나누는 연습을 제대로 하려면 여러 페이지에 걸쳐 다루어야 한다. 게다가 단락 짓기는 중요한 만큼 개략적으로 논의하기도 힘들다.

단락은 퇴고할 때 늘 염두에 두어야 하는 사안이다. 조그마한 들여쓰기를 어디에 넣을지는 중요한 문제다. 단락은 글의 흐름 속에서 연결과 분리를 보여주는 장치다. 또한 작품의 구조와 긴 리듬의 일부로서, 필수적인 건축 요소다.

다음 논의는 다소 편향적이므로, 이렇게 제시해본다.

단락 짓기에 관한 견해

나는 몇몇 작법서에서 이런 진술을 발견했다. "소설의 첫 단락은 한 문장이어야만 한다." 또 "소설에서 어떤 단락도 네 문장을 넘어가면 안 된다." 기타 등등. 쓰레기 같으니! 이런 '규칙'들은 아마 세로단으로 인쇄되는 간행물 때문에 생겼을 것이다. 신문이나 『더 뉴요커』 같은 대중 잡지 말이다. 이런 간행물의 활자들은 회색으로 빽빽하게 인쇄되므로, 잦은 들여쓰기와 대문자 머리글자, 줄 바꿈 등으로 글을 끊어야만 한다. 만약 그런 간행물에 글을 싣는다면 편집자가 알아서 단락을 나누고 들여쓰기를 넣어줄 것이다. 하지만 자기 글을 직접 그렇게 쓸 필요는 없다.

　문장과 단락을 짧게 쓰라는 '규칙'은 "나는 문학적으로 들리는 문장은 다 버린다"라며 뻐기는 작가들에게서 나왔다. 만약 말수 없이 골자만 남긴 마초 같은 문체로 미스터리나 스릴러를 쓰는 작가가 있다면, 남의 시선을 의식하는 문학적 매너리즘에 빠질 것이다.

4장

반복

갑작스러운 돌풍이 비를 몰고 왔다.
차가운 바람에 실린 차가운 비.

기자들과 학교 선생님들은 의도는 좋지만 지나치게 권위적일 수
있다. 그들이 주장하는 이상한 규칙 중에는 한 페이지에 같은 단어
를 두 번 쓰지 말라는 것도 있다. 그래서 우리는 억지로 유의어와
대체어를 찾아 유의어 사전을 뒤지게 된다.

　유의어 사전은 필요한 단어가 생각나지 않을 때나 정말 반드
시 단어를 다양하게 사용해야 할 때 매우 유용하다. 그러나 사전
속 단어는 작가 자신의 단어가 아니다. 그런 단어는 산문 안에서
비둘기 무리 속 홍학처럼 튀며 작품의 톤을 바꾼다. "그녀에게는
충분한 크림, 충분한 설탕, 충분한 차가 있었다"라는 문장은 "그녀

에게는 충분한 크림, 풍성한 양의 설탕, 풍부한 차가 있었다"와 다르다.

반복은 너무 자주 일어나면 어색하며, 이유도 없이 단어를 강조하게 된다. "그는 공부방에서 공부하고 있었다. 그가 공부하는 책은 플라톤의 책이었다." 이런 식의 아이 같은 반복은 글을 쓰며 다시 읽어보지 않아서 생기는 일이다. 누구나 가끔 이런 실수를 한다. 이런 것은 퇴고할 때 유의어나 다른 표현을 찾아 바꾸면 고치기 쉽다. "그는 공부방에서 플라톤의 저서를 읽으며 필기하고 있었다"는 식으로 말이다.

하지만 한 단락에서 같은 단어를 두 번 사용하지 말라는 규칙을 만들거나, 반복을 피하라고 단호하게 주장하는 것은 서사적 산문의 본성을 거스르는 일이다. 단어·구·이미지의 반복, 했던 말의 반복, 비슷한 사건의 반복, 반향·반영·변주 등, 옛날이야기를 들려주는 할머니에서부터 가장 수준 높은 소설가에 이르기까지 모든 이야기의 화자는 이런 장치를 사용하며, 반복을 능숙하게 사용하는 것은 산문이 가진 힘의 큰 부분을 차지한다.

산문은 운문처럼 운율을 맞추거나 가락을 붙이거나 박자를 반복할 수 없다. 설령 그렇다 해도 훨씬 더 미묘한 편이 좋다. 산문의 리듬은—리듬을 자아내는 핵심 수단은 반복이다—보통 숨겨져 있거나 모호해서 그다지 뚜렷하지 않다. 산문에서 리듬은 전체적인 이야기의 형태, 소설에 나오는 사건의 전 과정을 아우를 정도로 크고 길다. 너무 커서 보기도 힘들다. 마치 차를 타고 산길을 달릴 때 산의 형태를 볼 수 없는 것과 마찬가지다. 하지만 산은 거기에 있다.

예시문 9

「천둥 오소리」는 종교적이거나 제례적인 서사로, 운문과 산문이 분리되기 전에 나온 구전 형식의 이야기다. 이러한 서사는 모두 반복을 전혀 두려워하지 않고 드러내놓고 자주 사용함으로써 이야기를 만들고 주술처럼 단어에 위엄과 힘을 부여한다. 여기에 실은 파이우트족의 이야기는 종교적이지만 심각한 것은 아니고 그냥 일상적인 것이다. 이 이야기를 비롯한 설화 대부분은 겨울에만 구연된다. 제철이 아닌데 이야기를 꺼내 미안하지만 정말로 소리 내어 읽어야만 한다.

그분이 천둥님이, 땅이 말랐다고 젖은 땅이 없다고 화가 나셨네, 물이 말라버렸으니 땅을 젖게 만들려 하시네.

그분은 천둥님은 비의 지배자, 구름 위에 사시네. 서리를 가지셨네. 그분은 천둥 마법사, 오소리처럼 나타나시네. 그분은 천둥님은 비의 마법사. 땅을 파고 머리를 하늘로 들어 올리면 구름이 오고 그러더니 비가 오네. 그러더니 땅이 저주를 하니, 천둥이 오고 번개가 오고 욕을 하네.

그분은 진짜 오소리, 오로지 그분만 코랑 등 이쯤에 흰 줄무늬가 있다네. 이런 오소리는 그분밖에 없다네. 그분은 천둥 마법사님은, 땅을 파실 때 땅을 이렇게 긁고 계실 때 땅이 말라 있으면 싫어하시지. 그래서 머리를 하늘로 들어 올려, 비를 만드시네, 구름이 오네.

마스든W. L. Marsden 직역, 어슐러 르 귄 개작,
「천둥 오소리The Thunder Badger」,
「오리건주 북부 파이우트족 언어 연구Northern Paiute Language of Oregon」

민간 설화는 보통 언어 면에서나 구조 면에서나 반복이 풍성하게 나타난다. 유럽에 전해지는 「곰 세 마리 이야기」에서 세 형식이 연속되는 사례를 생각해보라. (유럽 버전에서는 사건들이 세 덩어리로 일어나고 미국 원주민 설화 버전에서는 네 덩어리로 일어난다.) 어린이들에게 들려주는 이야기에도 반복이 많이 나타난다. 키플링의 『아빠가 읽어주는 신기한 이야기』(예시문 1을 보라)는 반복을 구조적 장치이자 주술로 사용하면서 독자와 아이 모두를 웃게 만드는 탁월한 사례다.

반복은 대개 재미있다. 찰스 디킨스의 『데이비드 코퍼필드』에서 미코버 씨가 "뭔가가 확실히 일어날 거야"라고 처음 말했을 때 그걸 듣는 데이비드에게나 독자에게나 그 말은 별 의미가 없다. 그러나 긴 책의 이야기가 진행되는 동안 미코버 씨가 그렇게 무능함에도 불구하고 한결같이 희망에 차서는 똑같거나 거의 비슷한 말을 내내 되풀이하는 것을 들으면 굉장히 우스꽝스럽다. 마치 하이

든의 음악에서 필연적이고 경쾌하게 반복되는 악구를 듣는 것처럼 독자는 그 말을 기다린다. 그러나 또한 미코버 씨가 그 말을 반복할 때마다 의미가 가중된다. 무게가 실린다. 웃음 이면에 어둠이 자라나 매번 조금씩 더 어두워진다.

다음 예시문에서 눈부시게 환한 풍경은 길고 어두운 소설을 위한 분위기를 형성하고, 단어 하나가 망치질처럼 반복된다.

예시문 10

30년 전, 태양이 마르세유를 뜨겁게 달구던 날이었다. (중략) 마르세유는 물론 그 주변에 있는 모든 물체는 뜨거운 하늘을 노려보고, 뜨거운 하늘 역시 모든 물체를 노려보아, 누구든 노려보는 것이 습관처럼 되었다. 새하얀 건물도, 새하얀 담장도, 새하얀 거리도, 바싹 마른 도로도, 초목이 바싹 타들어간 숲도 낯선 사람이 나타날 때마다 기분 나쁘게 노려보았다. 눈을 부라리며 노려보지 않는 것은 포도를 주렁주렁 매단 채 축 늘어진 포도나무밖에 없었다. (중략) 누구든 노려보니, 눈동자가 시큰거렸다. 멀리 떨어진 이탈리아 해안 쪽은 바닷물이 증발하며 옅은 안개구름이 천천히 일어나는 덕분에 약간 누그러지기는 해도, 다른 곳은 아니었다. 먼지를 덮어쓴 채 이글거리는 도로가 머나먼 산 중턱에서 노려보고, 계곡에서 노려보고, 끝없이 뻗은 들판에서 노려보았다. 도로변 주택 위로 머리를 내밀다 먼지를 뒤집어쓴 포도나무도, 대로변에서 단조롭게 타들어가는 가로

수도 땅과 하늘이 노려보는 눈빛에 축 늘어졌다.

찰스 디킨스,
『작은 도릿』(비꽃, 2022)

물론 반복은 단어나 구에서만 일어나지 않는다. 구조적 반복이란 이야기 안에서 일어나는 사건들이 서로 유사하고 반향을 일으키는 것을 말한다. 이는 이야기나 소설 전체를 아우른다. 구조적 반복을 보여주는 훌륭한 예로 『제인 에어』가 있다. 그 책을 읽어본 적 있다면 첫 챕터를 다시 읽어보라. 그러면 책의 나머지 내용에 대해 생각하게 될 것이다. (아직 읽지 않았다면 읽어보라. 그러면 남은 인생 동안 그 책에 대해 생각하게 될 것이다.) 『제인 에어』의 첫 챕터는 전조로 가득하다. 작품 전체에 걸쳐 반복되는 이미지들과 주제들이 소개된다. 예를 들어 우리는 부끄럼 많고 조용하고 자존심 강한 소녀 제인을 만난다. 그녀는 애정 없는 가족 사이에서 외톨이로서 책과 그림과 자연을 도피처로 삼는다. 제인보다 나이가 많은 한 소년이 그녀를 괴롭히고 모욕하다가 결국 너무 지나치게 되자, 제인은 그에게 반항하며 맞서 싸운다. 아무도 그녀의 편을 들어주지 않아, 제인은 유령이 나온다고 들었던 위층 방에 갇힌다. 자, 성인이 된 제인 역시 또 다른 가족 사이에서 부끄럼 타는 외톨이로 지낸다. 그러다 그곳에서 그녀를 괴롭히는 로체스터 씨와 맞서고 결국 반항했다가 완전히 혼자가 된다. 그리고 그 집의 위층에는 정말로 유령 들린 방이 있다.

훌륭한 소설들은 대개 첫 번째 챕터에서 어마어마하게 많은 소재를 등장시킨다. 그 소재들은 이야기가 진행되는 내내 이런저런 방식으로 변주를 거듭하며 반복된다. 산문에서 단어, 구, 이미지, 사건이 점점 고조되며 반복되는 것은 음악에서 제시부, 발전부, 재현부로 이어지는 구조와 실제로 상당히 유사하다.

연습 4:

반복, 반복, 반복

나는 이번 연습에서 '플롯'을 제안할 수 없다. 이번 연습의 특성상 플롯이 허용되지 않기 때문이다.

4-1 언어적 반복

한 단락 정도(원고지 4매)의 서사문을 써보라. 명사나 동사, 형용사를 적어도 세 번 반복해야 한다. ('있었다', '말했다', '했다'와 같이 눈에 띄지 않는 단어 말고 알아볼 수 있는 단어를 사용하라.)

(이는 글쓰기 수업 중에 해보기 좋은 연습이다. 글을 낭독할 때 반복해서 쓴 단어가 무엇인지 알려주지 않고 다른 사람들이 듣고 알아맞히도록 해보자.)

4-2 구조적 반복

짧은 서사문(원고지 10~28매)을 써보라. 어떤 발언이나 사건을 보여준 뒤 다른 맥락이나 다른 인물이나 다른 규모로 그것을 상기시키거나 반복하라. 원한다면 완결된 이야기로 써도 되고 서사의 일부분이어도 된다.

- **논평할 때:** 반복의 효과를 집중해서 살펴보고, 반복이 뚜렷하게 드러나는지, 미묘하게 숨어 있는지 논해보라.

- **쓴 뒤에 생각하거나 토론할 거리:** 의도적으로 단어와 구조와 사건을 반복하는 것이 처음부터 수월했는가? 쓰면서 더 수월해졌는가? 이번 연습을 하면서 특정한 감정적 어조나 주제나 문체를 발견했는가? 그렇다면 그것이 무엇인지 말할 수 있는가?

논픽션 작가의 경우 얼마나 자유롭게 구조적 반복을 사용할 수 있을지는 잘 모르겠다. 서로 다른 사건들을 반복된 패턴 안에 억지로 집어넣는 것은 분명 속임수다. 그러나 실제 삶의 사건들 사이에 존재하는 패턴을 발견하는 일은 분명 회고록 작가의 목표 중 하나다.

픽션과 논픽션에서 구조적 반복이 나타나는 사례를 찾아보라. 반복, 전조, 반향이 서사의 구조와 동력에 얼마나 기여하는지 알면 좋은 이야기의 진가를 파악하는 데 상당히 큰 도움이 된다.

5장

형용사와
부사

우리는 사탕 상자를 열고 싶은 유혹에 굴복하지 않고
항해를 끝마쳤다.

형용사와 부사는 값지고 유용하며 문장을 살찌운다. 색깔과 생기,
생생함을 더해준다. 그러나 방만하거나 지나치게 사용하면 산문을
비대하게 만든다.

부사가 가리키는 속성이 이미 포함된 동사를 사용하거나(그
들은 빨리 뛰었다=그들은 질주했다) 형용사가 가리키는 속성이 이미
포함된 명사를 사용할 수 있다면(으르렁거리는 소리=으르렁거림) 산
문은 더욱 명료하고 강렬하고 생생해진다.

우리는 자라면서 공격적인 대화가 좋지 않다고 배웠기 때문
에 단어를 부드럽거나 약하게 만들어주는 '좀', '약간' 같은 수식어

(형용사와 부사)를 사용하는 경향이 있다. 대화에서는 그래도 좋다. 그러나 산문에서 그런 수식어는 피를 빨아먹는 진드기와 같다. 보는 즉시 잡아내야 한다. 또 내가 성가셔하는 수식어로는 '어느 정도', '다소', '그냥' 그리고 무엇보다 '너무'가 있다. '그냥' 자신의 글을 '약간' 보며 '너무' 좋아서 '다소' 지나치게 사용하는 수식어가 '좀' 있는지 살펴보라.

　짧게나마 견해를 밝히자면 '빌어먹을'이라는 수식어는 정말 큰 진드기다. 이번만은 어쩔 수 없이 말해야 하니 나의 무례한 언어를 용서하기를 바란다. 말하거나 문자 메시지를 보낼 때 계속해서 '빌어먹을'을 사용하는 사람은 그것이 소설에서는 '음'만큼이나 쓸모없다는 사실을 깨닫지 못한다. 대화나 속으로 혼잣말할 때는 "노을이 빌어먹게 아름답다"나 "빌어먹을 애들이라도 이해할 만큼 쉽다" 같은 문장이 용인되지만, 문학 작품에서 읽을 때는 말도 안 되게 이상하다. 서사문에서 강조를 하거나 구어체를 살리기 위해 이 단어를 사용하면 오히려 정반대의 효과가 나타난다. 약화시키고 하찮아 보이게 만들고 무력화시키는 '빌어먹을'의 힘은 놀랍다.

　어떤 형용사와 부사 들은 문학에서 너무 남용되어 의미가 희미해졌다. '굉장한'은 원래 의도만큼 무게가 있지 않다. '갑자기'는 아무것도 의미하지 않고, 그저 전환 장치나 잠음에 불과한 경우가 많다. "그는 길을 따라 걷고 있었다. 갑자기 그녀가 보였다." '어쩐지'는 얼버무리는 단어다. 작가가 스토리를 생각해내기 귀찮았다는 뜻일 뿐이다. "그녀는 어쩐지 그냥 알게 되었다." "그들은 어쩐지 소행성으로 가게 되었다." 이야기에서 '어쩐지' 일어나는 일은 없다. 작가가 그렇게 썼기 때문에 일어난 것이다. 책임감을 가져라!

화려하고 장식적인 형용사들은 구식이 되었고 요즘 작가들은 거의 사용하지 않는다. 그러나 문체에 관심 있는 어떤 산문 작가들은 형용사를 시인처럼 사용한다. 뜻밖의 형용사를 무리하게 사용하여 독자가 읽기를 멈추고 형용사와 명사의 연결을 보도록 한다. 이러한 버릇은 효과적일 수 있지만 서사문에서는 위험하다. 흐름을 끊고 싶은가? 그럴 가치가 있는가?

나는 모든 스토리텔러에게 조심스러운 태도를 가지고 형용사와 부사를 사려 깊고 신중하게 선택하기를 권한다. 영어(언어)라는 제과점에는 믿기 어려울 정도로 먹을 것이 풍족하지만, 서사적 산문, 특히 장거리를 갈 때라면 더더욱, 지방보다는 근육이 필요하니까 말이다.

연습 5:
간결하게 쓰기

한 단락에서 한 페이지 정도 분량(원고지 6~10매)으로 무엇인가를 묘사하는 서사문을 써보라. 형용사나 부사를 사용하지 말고 대화도 빼라. 오로지 동사, 명사, 대명사만 사용해서 풍경이나 사건을 생생하게 묘사하는 것이 핵심이다.

시간을 알리는 부사('곧', '다음에', '나중에' 등)가 필요할 수도 있지만 가능한 쓰지 말라. 간결하게 쓰라.

현재 쓰고 있는 긴 작품이 있다면 다음 단락이나 페이지를 이 연습으로 써볼 수도 있다.

아니면 이미 써놓은 단락을 '간결하게' 다듬어보는 연습을 해도 좋다. 아마 흥미로울 것이다.

- **논평하기**: 이번 연습에서는 연습글을 쓰는 일 자체와 결과물에 대한 자신만의 평가가 중요하다. 글에 형용사나 부사를 여기저기 추가하면 더 나아지겠는가? 아니면 형용사나 부사가 없어도 만족스러운가? 이번 연습의 지시사항 때문에 쓸 수밖에 없었던 장치와 어법에 주목해보라. 특히 동사를 택하거나 직유나 은유를 사용하는 데 영향을 받았을 것이다.

이번 '간결하게 쓰기' 연습은 내가 열네다섯 살 무렵 '고독한 항해사'였을 때 직접 쓰려고 만든 것이다. 그때 나는 초콜릿 밀크셰이크는 포기할 수 없어도, 부사 없이 한두 페이지 글은 쓸 수 있었다. 그리고 내가 워크숍에서 가르칠 때마다 늘 제안한 연습은 이것이 유일하다. 이런 연습은 깨달음을 주고 훈계를 내리며 기운을 북돋운다.

6장

동사:
인칭과 시제

**늙은 여인은 과거를 꿈꾸며
시간의 바다를 항해했다.**

언어에서 동사는 무엇을 하는지를 알려준다. 동사의 인칭은 누가 (명사 혹은 대명사) 하는지를, 시제는 언제 하는지를 나타낸다. 어떤 작법서들을 보면 동사가 모든 것을 하며 행동이 전부라는 느낌을 받는다. 나는 그 정도까지 주장할 바는 아니지만 그래도 여전히 동사는 중요하다. 그리고 동사의 인칭과 시제는 스토리텔링에 매우 중요하다.

동사의 인칭*

자서전을 제외한 논픽션은 3인칭으로 서술되어야 한다. 1인칭으로 나폴레옹이나 세균에 관해 글을 쓰면 픽션이 된다.

서사문에서 유효한 인칭에는 1인칭 단수(나)와 3인칭 단수(그), 제한적으로 1인칭과 3인칭 복수(우리, 그들)가 있다. 소설에서 2인칭(너)을 사용하는 경우가 드문 데는 이유가 있다. 가끔 어떤 이들은 2인칭으로 단편이나 장편소설을 쓰며 아무도 하지 않은 시도를 한다고 착각한다.

16세기 이전에 나온 원시적이고 종교적이고 문학적인 서사문은 거의 모두 3인칭으로 서술되어 있다. 1인칭 글쓰기는 키케로의 편지에 처음 등장했으며 중세의 일기문이나 성인들의 고백서, 몽테뉴와 에라스뮈스의 글, 그리고 초기 여행기에서 볼 수 있다. 작가들이 1인칭 소설을 쓰기 시작한 초창기에는 거기에 정당한 이유를 대야만 한다고 느꼈다. 가령 편지를 쓸 때는 자연스럽게 '나'를 쓰므로 서간체 소설이면 '나'를 쓰는 것이 정당하다. 18세기부터는 1인칭 소설이 아주 흔해져서 이제 우리는 거기에 대해 아무 생각도 하지 않지만, 사실 그것은 작가에게나 독자에게나 이상하고 복잡하고 인위적인 상상의 과정이다. 1인칭 소설의 '나'는 누구인가? 허구적 자아이므로 작가라고 할 수 없다. 독자와 동일시되는 '나' 역시 지금 책을 읽고 있는 나 자신이라고 할 수 없다.

이야기를 3인칭으로 서술하는 것은 이제껏 가장 흔하고 문제가 적은 방식이다. 작가는 3인칭을 사용하여 그가 무엇을 했고, 그녀가 무엇을 했고, 그들이 무슨 생각을 했는지 자유롭게 오가며 이야기할 수 있다.

'제한적 3인칭' 서사는 1인칭 서사에서 갈라져 나왔다고 할 수 있다. 제한적 3인칭이란 문학의 전문용어로, 작가가 한 인물의 시점에서 제한적으로 서술함을 뜻한다. 작가는 오직 그 인물이 인지하고 느끼고 알고 기억하고 추측하는 것만 쓸 수 있다. 다시 말해 1인칭 글쓰기와 매우 유사하다. 이에 대해서는 다음 장에서 시점에 대해 살펴볼 때, 마찬가지로 중요한 제한적 3인칭 시점과 다중시점과 함께 다시 다룰 것이다. 이런 용어들은 너무 전문적으로 들리겠지만 정말 중요하다.

소설 작품을 1인칭으로 쓰느냐, 3인칭으로 쓰느냐는 커다란 선택이다. 어떤 인칭으로 이야기를 쓰는지 늘 염두에 둘 필요는 없다. 하지만 때로는 1인칭으로 시작한 이야기가 막히면 1인칭에서 벗어나봐야 한다. 마찬가지로 3인칭으로 시작한 이야기가 막힐 때는 3인칭에서 벗어나 1인칭으로 생각해봐야 한다. 이야기가 계속 나아가지 않거나 막히면 이러한 인칭의 변화 가능성을 생각해보라.

1인칭 서사는 다루기 힘들다 하더라도 소설이나 회고록에서 흔히 볼 수 있기 때문에 그만큼 훌륭한 예시도 많으므로 그중에 어떤 책을 꼽기가 망설여진다. 그럼에도 그레이스 페일리의 책은 한 권이라도 읽어보기를 적극 추천한다. 그녀의 소설은 으스대거나 자기중심적이거나 자의식 과잉이거나 단조로울 수 있는 1인칭 서사의 함정을 모두 비껴간다. 꾸밈없이 소박한 이야기다. 그냥 어떤 여자가 무언가에 대해 말해주고 있는 느낌이다. 명작이다.

제한적 3인칭 역시 아주 많은 현대 소설에서 사용되므로 추천작은 마음대로 골라보라. 하지만 권하건대, 적어도 당분간은 책을 읽으면서 어떤 인칭이 사용되었는지 주목하여 보고 인칭이 바뀌는지, 바뀐다면 언제 어떻게 바뀌는지 살펴보라.

동사의 시제*

과거 시제("그녀가 그 일을 했다", "그가 거기 있었다")와 현재 시제("그녀가 그 일을 한다", "그가 거기 있다")는 모두 행동의 연속성과 사건들의 시간적 연결을 표현할 수 있다("그가 구직 활동을 시작하기도 전에 그녀가 생계를 꾸리고 있었다"). 과거 시제에서는 시간의 전후 관계를 표현하기 쉽지만, 현재 시제는 그만큼 유연하지 않고 현재에만 집중한다("그가 구직 활동을 시작하기도 전에 그녀가 생계를 꾸리고 있다").

추상적 담론은 (지금 이 글처럼) 항상 현재 시제로 기술한다. 보편적 진리도 시간에 얽매이지 않으므로 철학자, 물리학자, 수학자, 그리고 신은 모두 현재 시제로 말한다.*

영화 각본은 현재 시제로 보이지만 사실상 명령법이다. 즉, 화면에서 어떤 일이 일어나야 할지 알려주는 지시글이다. "딕은 제인을 향해 씩 웃고 총을 쏜다. 피가 렌즈에 튄다. 클로즈업: 멍멍이가 쓰러져 죽는다." 이는 묘사가 아니다. 배우, 카메라맨, 케첩을 피인 척 뿌리는 스태프, 개 등 모두에게 무엇을 해야 할지 알려주는 글이다.

무엇보다 우리는 대화에서 현재 시제를 사용한다. "잘 지내? 응, 좋아, 고마워." 하지만 뭔가 이야기를 시작하면 자연스레 과거 시제로 빠지는 경향이 있다. "무슨 일이 있었어?" "후진하다가 주차된 자리에서 후진해 나오던 차랑 부딪혔어." 물론 눈앞에서 벌어지는 일을 이야기할 때는 현재 시제를 사용한다. "오, 맙소사, 불이 나

---

* 이와 같은 권위를 부여하고자 과거에는 인류학자들도 현재 시제를 사용했다. 예를 들어, 마지막으로 남은 우수족 3명이 모르몬교로 개종했으며 제재소에서 일하는데도 그 사실을 무시한 채, "우수족은 숲 정령을 숭배한다"라고 썼다. 동사의 시제처럼 완전히 가치중립적으로 보이는 사안에 윤리적인 문제가 부가될 수 있음을 보여주는 사례다. "언어의 오용은 영혼에 해를 끼친다."

고 있어!'"그가 50야드 선을 넘어갑니다. 지금 가로막는 선수도 없습니다." 혹은 복어를 먹고 고통스럽게 죽기 직전에 지금 먹고 있는 복어의 맛을 트위터로 알려주는 경우에도 현재 시제를 쓴다.

수천 년 전부터 사람들은 이야기를 주로 과거 시제로 말하고 써왔으며 가끔 드라마틱한 장면을 위해 '역사적 현재'라고 불리는 시제를 사용했다. 지난 30여 년간은 많은 작가가 픽션이든 논픽션이든 이야기를 할 때 오로지 현재 시제만 사용했다. 이제 현재 시제는 너무 보편적으로 사용되어 젊은 작가들은 그것이 필수라고 생각한다. 매우 젊은 한 작가는 내게 이런 말을 한 적이 있다. "고인이 된 예전 작가들은 과거에 살기 때문에 현재 시제로 쓸 수 없지만 우리는 쓸 수 있습니다." 확실히 명칭 때문인지 사람들이 현재 시제는 지금에 관한 것이고 과거 시제는 옛날에 관한 것이라고 생각하는 듯하다. 이는 순진한 발상이다. 동사의 시제는 현실의 현재나 과거를 의미하지 않으며 대개의 경우 서로 바꿔 쓸 수 있다.

기억할 것은 결국 글로 된 이야기는 상상이든 실화를 바탕으로 하든 종이 위에만 존재한다는 점이다. 현재 시제로 쓴 서사나 과거 시제로 쓴 서사나 모두 완전히 허구다.

사람들은 현재 시제로 쓴 서사를 '좀 더 실제'인 양 느낀다. 눈앞에서 벌어지는 일을 이야기하는 것처럼 들리기 때문이다. 그리고 대개 작가들은 현재 시제를 사용하는 이유를 그것이 '더 즉각적'이기 때문이라고 말한다. 어떤 작가들은 "우리는 과거에 살지 않고 현재에 산다"며 적극적으로 현재 시제를 옹호한다.

그렇지만 현재에 사는 것은 신생아나 장기 기억에 문제가 있는 사람뿐일 것이다. 우리 대부분에게 현재에 살기란 그리 쉽지 않다. 현재에 머물며 정말로 현재에 사는 일은 사람들이 수년간 훈련하는 명상의 목표 중 하나다. 대부분의 시간 동안 인간의 머릿속은 지금 여기서 벌어지지 않는 일로 가득 차 있다. 이런저런 문제들에 대해 생각하고, 무언가를 기억하고, 앞으로의 일을 계획하고, 다른 곳에 있는 사람과 전화로 얘기를 나누고, 문자 메시지를 보낸다. 오로지 가끔씩만 집중해서 현재의 순간을 의식하고 이해하려 노력할 뿐이다.

내가 보기에 과거 시제와 현재 시제 사이의 큰 차이는 즉각성이 아니라 서술하는 범위의 크기와 복잡함에 있다. 현재 시제로 서술된 이야기는 필연적으로 한 가지 시간과 장소에서 일어나는 사건에 초점을 맞춘다. 반면 과거 시제를 사용하면 시간과 장소를 계속해서 넘나들며 이야기할 수 있다. 우리의 사고방식도 이와 같다. 이리저리 쉽게 움직인다. 무슨 일이 일어나는지에만 좁게 집중하는 경우는 응급상황일 때뿐이다. 그러므로 현재 시제로 이야기를 기술하면 일종의 영구적이고 인위적인 응급상황을 만드는 것과 같다. 이는 빠른 속도로 전개되는 사건에는 적합한 톤일 수 있다.

과거 시제도 좁게 초점을 맞출 수 있다. 그러나 또한 이야기되고 있는 순간의 앞뒤 시간에도 접근할 수 있다. 과거 시제로 묘사하는 순간은 과거, 미래와 연속된다.

현재 시제와 과거 시제의 차이는 마치 좁은 면적을 비추는 손 전등과 햇빛의 차이와 비슷하다. 전자를 사용하면 주위는 아무것도 보이지 않고, 좁고 강한 빛이 밝게 비추는 곳만 시야에 들어온다. 반면 후자는 세상을 볼 수 있게 해준다.

현재 시제가 갖는 제한성은 작가들에게 매력적일 수 있다. 좁게 초점을 맞춘 빛을 따라 주목하면 작가와 독자는 눈에 보이는 계략에서 벗어날 수 있다. 현재 시제는 현미경처럼 사건을 아주 가까이 보여주지만, 주위를 제거함으로써 거리를 둔다. 잘라내고 축소한다. 이야기를 차갑게 유지한다. 엔진이 과열되기 쉬운 작가라면 현재 시제가 현명한 선택일 수 있다. 이는 또한 (영화 각본이 아니라) 영화가 우리의 상상력에 얼마나 큰 영향을 미치고 있는지를 반영한다. (제임스 팁트리 주니어를 비롯한) 훌륭한 작가들은 글을 쓸 때 이야기의 사건을 정확히 영화처럼 본다고 말한다. 그들이 사용하는 현재 시제는 상상으로 눈앞에서 벌어지는 일을 보도하는 것과 마찬가지다.

이러한 현재 시제의 제한성과 의미는 생각해볼 만한 가치가 있다.

소설가 린 샤론 슈위츠는 현재 시제에 관해 이렇게 말했다. 현재 시제 서술은 시간적인 맥락과 역사적 궤적을 피함으로써, "굉장히 복잡한 것은 아무것도 없고, 대상에 이름을 부여하거나 정보를 축적하는 것으로 변변찮게 이해할 수 있으며" 그리고 "우리가 이 제껏 이해했던 모든 것은 얼핏 봐서도 이해될 수 있다"고 주장하며 세계를 단순화한다. 이러한 외부적이고 좁은 시야 때문에 현재 시제 서술이 그렇게 차갑게(그리고 단조롭고 감정적이지 않고 관여하지 않으므로 결국 모두 상당히 비슷하게) 느껴지는 것이다.

어떤 이들은 다른 시제를 쓰기가 두려워서 현재 시제를 쓰는 것 같기도 하다. (이들은 과거에 과거완료 시제를 쓰는 데 어려움을 겪었다. 미래에는 미래완료 시제를 쓰는 데 어려움을 겪지 않을 것이다. 하지만 어떤 어려움도 겪지 않았었으면 좋았을 텐데 말이다.) 다양한 시제의 이름을 알지 못하더라도 걱정하지 말라. 시제를 어떻게 쓰는지는 알고 있을 것이다. "I goed"가 아니라 "I went"라고 말하는 법을 배웠을 때부터 필요한 모든 것은 내내 머릿속에 있었다.*

---

* 나는 어느 책의 첫머리를 이렇게 썼다. "이 책의 사람들은 캘리포니아주 북부에서 지금부터 오래오래 살아갔을지도 모른다The people in this book might be going to have lived a long, long time from now in Northern California." 내 생각에 이 문장에는 능동태, 가능법, 현재 시제, 'go'의 3인칭 복수 진행형, 'live'의 과거분사형이 쓰였다.
이렇게 의도적으로 동사를 장황하게 결합한 이유는 나 자신과 독자들이 이야기 속 인물들이 먼 미래에 존재한다고 여기는 동시에 그들의 과거 이야기를 듣는다고 여기도록 하기 위해서다. 작가는 몇 가지 동사 형태로 이러한 것을 모두 전달할 수 있다.
교열 담당자는 나의 장황한 동사에 놀랍도록 호의적이었다. 한 리뷰는 이런 문장을 끝까지 읽을 수 없다며 징징거렸지만, 다른 리뷰는 내가 바란 대로 그것이 재미있고 감탄스러웠다고 언급했다. 나도 이 문장이 여전히 마음에 든다. 내 의도를 정확히 전달하는 가장 짧은 방식이었다. 이것이 바로 동사 변화와 시제가 존재하는 이유다.

만약 늘 현재 시제로 쓰거나 읽는다면 머릿속에 있는 어떤 동사 형태는 오랫동안 활성화되지 못했을 수도 있다. 시제를 자유롭게 쓰는 법을 회복한다면 스토리텔러로서의 선택지 범위를 넓힐 수 있다. 모든 예술에는 한계가 있다. 그러나 작가가 한 가지 시제만 사용하면 화가가 온갖 색이 있는 물감세트를 가지고 있으면서 분홍색만 쓰는 일과 같다.

내 말의 전반적인 요점은 이것이다. 지금은 현재 시제가 유행이지만 그것이 편하지 않다면 애써서 끼어들 필요는 없다. 어떤 작가나 어떤 이야기에는 현재 시제가 적합하지만 다른 경우에는 그렇지 않을 수 있다. 시제 선택은 중요하다. 전적으로 작가 자신이 결정해야 한다.

시제 바꾸기에 관해

이 주제에 관해서는 규칙을 주장하고 싶지만 그러지 않겠다. 훌륭하고 신중한 작가들은 늘 모든 글쓰기 규칙을 조각조각 날려버리기 때문이다. 그러므로 규칙은 아니지만 '그럴 가능성이 높다'라고 말해보겠다.

서사문의 시제를 계속 바꾸면, 즉 현재 시제와 과거 시제를 자주 왔다 갔다 하면서 어떤 신호(줄 나누기, 장식 문자*, 챕터 바꾸기)도 주지 않는다면, 독자는 무엇이 무엇 전에 일어났고 무엇이 무엇

뒤에 일어났는지, 지금이 언제인지 혹은 그때가 언제였는지 모두 헷갈리고 말 가능성이 매우 높다.

작가가 시제를 의도적으로 바꿀 때조차도 독자는 그렇게 혼동한다. 작가가 자신도 모르게 시제를 바꾸면, 자신이 어떤 시제를 쓰는지 인식하지 못하고 현재에서 과거로, 또다시 현재로 휙휙 넘어가면, 독자는 언제인지는 둘째치고 무슨 일이 일어났는지도 이해하지 못해서 멀미가 나고 언짢아지고 관심이 사라질 가능성이 매우 높다.

다음의 짧은 글은 한 현대 소설에 나오는 부분이다. 작가를 부끄럽게 할 의도는 없으므로 장면을 알아볼 수 없도록 이름과 사건을 바꾸었다. 하지만 동사의 수와 시제, 구문은 원문 그대로다.

두 사람 다 커피를 마시고 싶어 하며 안으로 들어온다. 우리는 재니스가 다른 방에서 보고 있는 텔레비전 소리를 듣는다. 어젯밤에는 보지 못했는데, 톰의 멍든 눈이 보였다. "밖에 나갔어?" 내가 말했다.

톰은 신문을 들고 앉아서 아무 말도 하지 않는다. 알렉스가 말한다. "우리 둘 다 나갔어." 나는 커피를 두 잔 마신 다음에야 입을 열었다.

이 짧은 글 안에서 시제가 세 번 바뀐다는 것을 모르는 채로 읽을 수 있는가? (정확히 말하자면 시제는 다섯 번 바뀐다. 왜냐하면 단순과거 '보지 못했는데I didn't see'는 현재의 이전 시간을 가리키지만, 이 문장의 주절이 과거 시제이므로 그보다 앞선 시간은 일반적으로 과거완료형인 '보지 못했었는데I hadn't seen'로 써야 하기 때문이다.) 이렇게 앞뒤가 맞지 않는 시제가 작품 전체에 걸쳐 계속된다고 해서 무슨 이득이 있다고 말할 수 있는가? 작가가 이를 눈치채지도 못하고 글을 썼다니 믿기지 않는다. 끔찍한 얘기다.

서사문에서 시제를 바꾸는 일은 사소한 문제가 아니다. 시점 인물을 바꾸는 것만큼이나 큰 문제다. 생각 없이 할 수 있는 일이 아니다. 시제를 눈에 띄지 않게 바꿀 수는 있지만 작가는 자신이 시제를 바꾸고 있다는 사실을 확실히 알아야 한다.

그러므로 이야기 도중에 시제를 바꾸려면 작가는 자신이 무엇을, 왜 하는지 명확히 해야 한다. 그리고 시제를 정 바꾼다면 독자가 쉽게 따라갈 수 있는지 확인해야 한다. 독자들을 마치 『스타트렉』의 불운한 엔터프라이즈호 선원들처럼 '시간 이상' 공간에 내버려두고 떠나면 워프 스피드 10으로 시간을 건너뛰지 않고서야 탈출할 길이 없으니까 말이다.

수동태에 관한 견해

나는 이 주제에 관해 2장에서 가짜 규칙을 말하면서 소개했다. 많은 동사가 능동태와 수동태로 사용될 수 있다. 동사의 태를 바꾸면 주어와 목적어가 뒤바뀐다. 능동태: "그가 이 글을 썼다." 수동태: "이 글은 그에 의해 써졌다."

(지금 읽히고 있는 이 문장에서 사용된 것처럼) 수동태 구문은 학술 논문이나 업무 서신에서 지나치게 자주 사용되어진다. 수동태를 덜 쓰려고 노력하는 사람들은 영어를 말하는 모든 사람에 의해 칭찬되어져야 한다. (지금 이 문단을 능동태로 다시 써보라!)

하지만 "수동태를 절대 사용하지 않아야 된다"고 말하는 사람들 중에는 수동태가 뭔지도 모르는 이도 너무 많다. 많은 사람이 수동태와 be동사를 혼동해서 be동사를 사용하지 말라고 말하고 다닌다. 문법학자들이 친절하게 '계사繫辭'라고 부르는 be동사에는 심지어 수동태가 없는데도 말이다. 대개 be동사보다 일반동사들이 더 정확하고 다채롭지만, be동사가 없었다면 어떻게 햄릿이 독백을 시작할 수 있었을지, 어떻게 하나님이 빛을 창조할 수 있었을지 말해보라(각각 "사느냐 죽느냐 그것이 문제로다To be, or not to be, that is the question", "빛이 있으라Let there be light"를 말한다 – 옮긴이).

"그 의안이 위원회에 의해 상정될 것이 제안되었다." 수동태 2개.

"브라운 총리는 위원회에 그 의안을 상정하라고 제안했다." 능동태 2개.

사람들은 수동태를 종종 쓴다. 왜냐하면 수동태는 간접적이고 정중하고 공격적이지 않으며, 어떤 생각이나 행동을 마치 직접적으로 그런 생각이나 행동을 한 사람이 없는 것처럼 만들어서 누구도 책임질 필요가 없다는 듯 보여주기에 매우 적합하기 때문이다. 책임을 져야 하는 작가들은 수동태를 경계해야 한다. 비겁한 작가는 "존재란 추론에 의해 구성된다고 믿어진다"고 말한다. 용감한 작가는 "나는 생각한다, 고로 나는 존재한다"고 말한다.

학술 용어나 과학 용어, '업무용 문체'에 너무 오래 노출되어 문체가 오염된 작가라면 수동태에 대해 고민할 필요가 있다. 수동태라는 씨앗을 필요 없는 곳에 뿌리지는 않았는지 확인하라. 만약 그랬다면 필요한 만큼 뽑아내라. 필요한 곳이라면 자유롭게 사용해야 한다. 수동태도 동사의 사랑스럽고 다양한 형태 중 하나다.

예시문: 예시문 12(129쪽)를 보라.

다음 장의 예시문인 찰스 디킨스의 『황폐한 집』은 이야기 안에서 인칭과 시제의 변화를 극적으로 보여주므로 이번 장의 예시도 된다. 물론 디킨스는 시제를 바꾸며 우리를 혼란스럽게 만들지 않는다. 그는 어떤 시제를 언제, 왜 사용하는지 정확히 알고 있다. 그러나 꽤 위험한 모험이기는 하다. 긴 작품 내내 시제를 왔다 갔다 한다. 한 챕터에서는 3인칭 현재 시제를 사용하고 다음 챕터에서는 1인칭 과거 시제를 사용한다. 디킨스의 손에서조차 이런 변화는 어색함을 자아낸다. 하지만 이러한 변화가 어떻게 작동하고 언제 작동하지 않는지 살펴보며 서로 다른 효과를 비교해보면 매우 흥미로울 것이다. 나는 찰스 디킨스의 『황폐한 집』을 읽으며 현재 시제가 초점을 집중시키고 정서*를 분리하는 데 유용하고, 과거 시제가 경험을 연속적이고 다양하고 깊이 있게 전달하는 데 유용하다는 점을 처음으로 깨달았다.

이번 장의 연습은 인칭과 시제의 변화가 만드는 차이를 알아보기 위한 것이다.

연습 6:
늙은 여인

한 페이지 내외로 서사문을 써보라. 짧게 쓰되, 너무 야심 찬 이야기를 쓰지는 말라. 같은 이야기를 두 번은 써야 되기 때문이다.

주제는 다음과 같다. 한 늙은 여인이 설거지를 하든, 정원을 손질하든, 수학 박사 논문을 교정하든 아무튼 어떤 일을 바쁘게 하면서 젊었을 때 있었던 사건에 대해 생각한다.

두 시간대 사이에서 장면 전환이 일어나야 한다. '지금'은 그녀가 있는 곳과 하는 일에 대해 쓰고, '그때'는 그녀가 기억하는 젊었을 때 일어났던 일에 대해 쓴다. 이야기는 '지금'과 '그때'를 앞뒤로 오가야 한다.

이러한 움직임 혹은 시간적 도약이 적어도 두 번은 있어야 한다.

첫 번째 글쓰기

인칭: 1인칭(나) 혹은 3인칭(그녀) 중에 선택하라.

시제: 모두 과거 시제로 쓰거나 혹은 모두 현재 시제로 쓰라. 독자가 '지금'과 '그때'의 전환을 명확히 알도록 해야 한다. 헷갈리게 하지 말라. 그러나 할 수 있는 한 미묘하게 하라.

두 번째 글쓰기

같은 이야기를 다시 써보라.

인칭: 첫 번째에서 사용하지 않았던 인칭을 사용하라.

시제: a) '지금'은 현재 시제, '그때'는 과거 시제, 혹은 b) '지금'은 과거 시제, '그때'는 현재 시제 중에 선택하라.

    두 연습글의 어휘를 꼭 똑같이 쓸 필요는 없다. 컴퓨터에서 대명사와 동사 어미를 바꾸기만 하지도 말라. 완전히 다시 써라. 인칭과 시제를 바꾸면 작품의 어휘, 말하기, 느낌에도 어떤 변화가 생길 것이다. 그것이 바로 이번 연습이 의도한 바다.

- **추가로 글쓰기:** 원한다면 다른 인칭과 시제로 더 연습해봐도 좋다.

- **논평하기:** 다음과 같은 문제들을 생각해보라. 시간 전환은 쉬운가, 어색한가? 선택한 시제는 소재와 얼마나 잘 맞는가? 어떤 대명사가 가장 잘 어울리는가? 어떤 시제 혹은 시제들의 조합이 가장 잘 들어맞는가? 두 연습글 사이에 큰 차이가 있는가? 있다면 무엇인가?

- **쓴 뒤에 생각하거나 토론할 거리:** 과거 시제와 현재 시제 중 어느 쪽이 글쓰기에 편했는가? 1인칭과 3인칭 중에는? 이유는 무엇인가?

앞으로 서사문을 읽을 때 어떤 인칭과 시제가 사용되었는지 특히 의식하며 읽어보면 유익할 것이다. 그 인칭이나 시제를 작가가 왜 사용했는지, 얼마나 잘 사용했는지, 어떤 효과가 있는지, 시제가 바뀌는지, 바뀐다면 얼마나 자주 왜 변화하는지 생각해보라.

7장

시점과
목소리

나는 그가 기억 속에서 길을 잃은 것을 보았다.
자기 그림자 위에서 흘러가는 배처럼.

시점POV, Point of View은 누가 이야기를 말하고 있는지, 이야기와 그 사람과의 관계가 무엇인지를 설명하는 전문용어다.

이야기를 말하는 사람이 이야기에 등장하는 경우에는 그를 '시점인물'이라고 한다. 그 외에 이야기를 말할 수 있는 유일한 사람은 작가다.

목소리는 평론가들이 서사문에 대해 논할 때 자주 쓰는 단어다. 낭독하는 경우가 아닌 이상 글에는 목소리가 없으니 언제나 은유적인 표현이다. 흔히 목소리는 일종의 진정한 목소리의 줄임말처럼 사용된다(자신만의 목소리로 써라, 한 사람의 진실한 목소리를 담아내라 등등). 나는 여기서 '목소리' 혹은 '이야기를 말하는 목소리'를 서술자의 목소리라는 단순하고 실용적인 의미로 쓴다. 이 책에서는 지금부터 목소리와 시점을 같은 것이라고 해도 될 정도로 밀접하게 연관되고 상호의존적인 개념으로 다루겠다.

주요 시점

나는 이제부터 주요한 서사 시점 5개를 정의하고 설명하고자 한다. 각각의 설명 뒤에 해당 시점으로 쓰인 예시문을 덧붙였다. '세프리드 공주'라는 글로, 내가 지어낸 이야기다. 매번 같은 장면, 같은 인물, 같은 사건이며 오로지 시점만 바뀐다.

'믿을 만한 서술자'에 관해

자서전과 회고록을 비롯한 모든 논픽션 서사문에서 (작가가 '나'란 표현을 쓰든, 쓰지 않든) '나'란 작가다. 이 형식에서 독자는 일반적으로 작가/서술자가 믿을 만하다고 기대한다. 즉, 작가/서술자가 무슨 일이 일어났는지 가능한 정직하게 말해주려 하며 이야기를 지어내지 않고 다만 전달할 뿐이라고 생각한다.

그렇지만 사실을 정직하게 전달하기란 매우 어려워서 정직하게 전달하지 않기로 하는 선택이 정당화된다. 어떤 논픽션 작가들은 픽션이 가진 창작의 특권을 자신도 주장하며, 단순히 일어났던 일보다는 '진실'을 보여주기 위해 의도적으로 사실을 고친다. 내가 존경하는 회고록을 비롯한 논픽션 작가들은 완벽하게 사실만을 담기가 불가능함을 온전히 이해하고, 천사와 씨름하듯 이를 붙잡고 씨름하지만 그것을 거짓말에 대한 변명으로 삼지 않는다.

소설에서 (아무리 자전적 고백이 담긴 작품이라 하더라도) 서술자는 정의상 허구다. 그럼에도 불구하고 진지한 소설에서 서술자는 1인칭이든 3인칭이든 대부분 믿을 만하다. 하지만 요즘처럼 흔들리는 시대에는 사람들이 의도적이든 아니든 사실을 잘못 전달하는 '믿을 만하지 않은 서술자'를 좋아한다.

이러한 서술자의 동기는 부정직한 논픽션 작가의 동기와 매우 다르다. 소설의 서술자는 사실을 숨기거나 왜곡할 때, 사건들을 잘못 전하거나 잘못 해석할 때 거의 항상 자기 자신에 관한(그리고 어쩌면 독자인 우리에 관한) 무언가를 말해준다. 작가는 '진짜로' 일어난 일이 무엇인지를 독자가 찾아내거나 추측하도록 한다. 그리고 독자는 이를 기준 삼아 다른 사람들이 세상을 어떻게 보는지, 왜 그들이(그리고 우리가) 그런 식으로 보는지를 이해하게 된다.

믿을 만하지 않은 서술자의 친숙한 사례는 허클베리 핀이다. 허클베리는 정직하지만 자기가 보는 많은 것을 오해한다. 예를 들어 그는 세상에서 자신을 사랑하고 존중해주는 성인이 짐뿐이라는 사실을 결코 이해하지 못한다. 자신이 짐을 사랑하고 존경한다는 사실도 결코 이해하지 못한다. 허클베리가 그러한 것을 이해할 수 없다는 사실은 그와 짐이 살고 있고 또한 우리가 살고 있는 세상의 끔찍한 진실을 말해준다.

세프리드 공주는, 그녀가 하는 이야기와 다른 시점인물들이 하는 이야기를 비교해보면 알 수 있듯이 전적으로 믿을 만하다.

1인칭 주인공 시점

1인칭 주인공 시점 서사에서 시점인물은 '나'다. '나'는 이야기를 말하며 그 이야기에 중심적으로 개입한다. '나'가 알고 느끼고 인지하고 생각하고 추측하고 기대하고 기억하는 것만이 이야기에 드러난다. 다른 인물들이 느끼는 바나 그들이 누구인지는, 오로지 '나'가 그들을 보고 듣고 말하는 것으로만 짐작할 수 있다.

세프리드 공주: 1인칭 주인공 시점

나는 모르는 사람들로 가득 찬 방으로 들어가면서 무척 낯설고 외로운 느낌이 들었다. 돌아서서 도망치고 싶었지만 라사가 바로 뒤에 있었기에 들어갈 수밖에 없었다. 사람들이 내게 말을 걸고 라사에게 내 이름을 물었다. 나는 너무 혼란스러워서 사람들의 얼굴을 구분하거나 그들이 하는 말을 알아들을 수 없었고, 거의 아무렇게나 대답해버렸다. 딱 한 순간, 군중 사이에서 나를 똑바로 바라보는 여자의 시선과 마주쳤다. 여자의 눈에 깃든 친절함을 보니 그녀에게 몹시 다가가고 싶어졌다. 그녀는 내가 얘기를 나눌 수 있을 만한 사람으로 보였다.

제한적 3인칭 시점

시점인물은 '그' 혹은 '그녀'다. '그'나 '그녀'는 이야기를 말하며 그 이야기에 중심적으로 개입한다. 시점인물이 알고 느끼고 인지하고 생각하고 추측하고 기대하고 기억하는 것만이 이야기에 드러난다. 다른 인물들이 느끼는 바나 그들이 누구인지는, 오로지 시점인물이 관찰한 그들의 행동을 봄으로써 짐작할 수 있다. 작품 전체에 걸쳐 이렇게 한 인물의 인식만 제한적으로 알 수도 있고, 한 인물에서 다른 인물로 시점인물이 바뀔 수도 있다. 보통 시점인물이 바뀔 때는 어떤 식으로든 신호가 주어지며 아주 짧은 간격으로는 바뀌지 않는다.

전략적으로, 제한적 3인칭 시점은 1인칭 주인공 시점과 동일하다. 핵심적인 제약 사항이 정확히 똑같다. 서술자가 보고 알고 말하는 것 외에는 아무것도 보이거나 알려지거나 언급될 수 없다. 이러한 제약은 목소리를 집중시키고 이야기가 진정성 있어 보이게 한다.

그렇다면 컴퓨터로 대명사를 바꾸고 그에 따라 동사 어미를 모두 수정하면 '짜잔' 하고 1인칭에서 제한적 3인칭 시점의 서사로 바꿀 수 있다고 생각할지도 모른다. 하지만 그렇게 간단한 일이 아니다. 1인칭은 제한적 3인칭과 다른 목소리다. 작가와 목소리와의 관계가 다르므로 독자와 목소리와의 관계도 다르다. '나'인 것과 '그'나 '그녀'인 것은 동일하지 않다. 궁극적으로 작가에게나 독자에게나 꽤 다른 상상력이 필요하다.

그건 그렇고 제한적 3인칭 시점의 서술자가 믿을 만하다는 보장은 없다.

의식의 흐름* 기법은 제한적 3인칭 시점에서 특히 내면에 집중한 형태다.

세프리드 공주: 제한적 3인칭 시점

세프리드는 모르는 사람들로 가득 찬 방으로 들어가면서 자신이 고립되어 있고 툭 도드라져 보인다고 느꼈다. 돌아서서 자기 방으로 뛰어가고 싶었지만 라사가 바로 뒤에 있었기에 들어갈 수밖에 없었다. 사람들은 그녀에게 말을 걸었다. 라사에게 그녀의 이름을 물었다. 세프리드는 너무 혼란스러워서 사람들의 얼굴을 구분하거나 그들이 하는 말을 알아들을 수 없었다. 그래서 아무렇게나 대답해버렸다. 단 한 번, 한 여자가 군중 사이에서 그녀를 잠깐 똑바로 쳐다보았다. 그 시선이 날카롭고도 상냥해서 세프리드는 방을 가로질러 다가가 그녀와 이야기하고 싶은 갈망을 느꼈다.

관여적 작가 시점(전지적 작가 시점)

어느 한 인물의 입장에서 이야기를 서술하지 않는다. 수많은 시점인물이 있을 수도 있고, 서술의 목소리가 이야기 안에서 한 인물에서 다른 인물로, 그리고 작가만 보고 인지하고 분석하고 예상할 수 있는 것까지 언제든 넘나들 수 있다. (예를 들어 혼자 있는 인물의 외모를 묘사하거나, 보고 있는 인물이 아무도 없는 풍경이나 방을 묘사할 수 있다.) 작가는 인물이 생각하거나 느끼는 것을 말하고 인물의 행동을 해석하고 심지어 인물에 대한 판단까지 내릴 수 있다.

이 시점은 이야기 작가들에게 익숙한 목소리다. 작가는 각기 다른 장소에 있는 인물들에게 동시에 일어나는 일, 그 인물들의 내면에서 벌어지는 일, 일어났던 사건, 일어나야 하는 사건까지 모두 알고 있기 때문이다.

모든 신화와 전설, 민담, 동화, 1915년경까지의 거의 모든 소설, 그리고 그때부터 현재까지 쓰인 상당히 많은 소설이 이 목소리를 사용한다.

흔히 '전지적 작가 시점'이라고 부르지만 나는 판단하고 비웃는 듯해서 그 용어를 좋아하지 않는다. 나는 '관여적 작가 시점'이라는 용어를 선호하고, '작가적 서술'이라는 중립적인 용어도 사용할 것이다.

현대 소설에서 주류를 차지하는 것은 제한적 3인칭 시점이다. 여기에는 관여적 작가 시점을 애호했던 빅토리아 시대 작가들과 관여적 작가 시점을 남용하는 여러 가능한 방식에 대한 반발이 일정 부분 작용했다.

관여적 작가는 가장 드러내놓고 명백하게 시점을 조작한다. 하지만 이야기 전체를 알고 있으며, 모든 인물과 깊이 관련되어 있고 중요한 것들을 말해준다. 이러한 서술자의 목소리가 구식이라거나 세련되지 않다고 해서 외면해서는 안 된다. 이는 이야기에서 가장 오랫동안, 가장 널리 사용되는 목소리일 뿐 아니라 가장 다채롭고 유연하고 복잡한 시점이기도 하다. 그리고 어쩌면 바로 이 점 때문에 작가에게 가장 어려운 시점일 수도 있다.

세프리드 공주: 관여적 작가 시점(전지적 작가 시점)

투파 출신 소녀가 팔을 옆구리에 꼭 붙이고 어깨를 구부린 채 머뭇거리며 방으로 들어왔다. 그녀는 잡혀온 야생동물처럼 겁에 질린 동시에 무관심해 보였다. 덩치가 큰 헴 사람이 그녀를 소유한 듯한 분위기로 안내하더니 '세프리드 공주'라거나 '투파의 공주'라고 흐뭇한 말투로 소개했다. 사람들은 그녀를 만나려고 가까이 몰려들거나 아니면 그저 쳐다만 보았다. 소녀는 고개를 거의 들지도 않은 채, 그들의 지각없는 질문에 잘 들리지도 않는 목소리로 짧게 답하며 참아냈다. 꽥꽥거리며 밀어닥치는 군중 속에서조차 그녀는 혼자 빈 공간에 남아 있었다. 아무도 그녀를 건드리지 않았다. 그들은 자신이 그녀를 피한다는 사실을 깨닫지 못했지만 그녀는 알고 있었다. 소녀는 고독 한가운데서 고개를 들었다가, 호기심 없이 솔직하고 강렬하고 연민 어린 시선과 마주쳤다. 바다같이 일렁이는 낯선 얼굴들 사이에서 "나는 당신의 친구예요"라고 말하는 듯한 얼굴이었다.

객관적 작가 시점('벽 위의 파리', '카메라 눈', '객관적 서술자')

시점인물이 존재하지 않는다. 서술자는 등장인물 중 하나가 아니며, 인물들에 관해 말할 때는 (마치 벽에 붙어 있는 똑똑한 파리처럼) 중립적인 관찰자가 인물들의 언행에서 추론할 수 있는 것들만 서술할 수 있다. 작가는 결코 인물의 내면으로 들어가지 않는다. 사람들과 장소들은 정확히 묘사할 수 있지만, 가치관과 판단은 오로지 간접적으로만 암시된다. 1900년 무렵의 작품들과 '미니멀리즘' 작가들의 '저명한' 소설에서 널리 사용된 목소리로, 시점을 가장 드러내지 않고 은밀하게 조작하는 방식이다.

이 시점은 독자와 상호의존하기를 원하는 작가에게 훌륭한 연습이 된다. 풋내기 작가들은 자신이 자기 글에 반응하는 그대로 독자도 반응하기를 기대하곤 한다. 내가 울고 있으니까 독자도 울기를 바라는 것이다. 하지만 독자와의 이런 관계는 작가답지 않고 유치하다. 이렇게 거리를 두고 냉철함을 유지하는 목소리로 독자를 감동시킬 수 있다면 진짜 감동을 끌어낸 셈이다.

세프리드 공주: 객관적 작가 시점

투파의 공주가 방으로 들어오고, 뒤이어 헴 출신의 덩치 큰 남자가 가까이 따라왔다. 공주는 팔을 옆구리에 꼭 붙이고 어깨는 구부린 채 성큼성큼 걸었다. 머리카락이 풍성하고 곱슬곱슬했다. 헴 남자가 그녀를 투파의 세프리드 공주라고 소개하는 동안 그녀는 잠자코 서 있었다. 사람들이 그녀를 쳐다보며 질문했지만 그녀는 자기 주위에 몰린 사람들과 전혀 시선을 마주치지 않았다. 누구도 그녀를 건드리지 않았다. 공주는 모든 질문에 간단하게 대답했다. 음식이 놓여 있는 테이블 근처에 있던 늙은 여자와 잠깐 시선을 주고받았다.

관찰자 시점(1인칭)

서술자는 등장인물 중 하나이지만 주요 인물은 아니다. 사건이 일어날 때 그 자리에 있긴 하지만 핵심적인 역할이 아니다. 1인칭 주인공 시점과는 달리 이 이야기는 서술자에 관한 이야기가 아니다. 서술자가 목격하고 독자에게 말해주는 이야기다. 픽션과 논픽션에서 모두 이 목소리를 사용한다.

세프리드 공주: 1인칭 관찰자 시점

그녀는 투파 옷을 입고 있었다. 내가 오랫동안 보지 못한 묵직한 붉은 로브였다. 좁고 가무잡잡한 얼굴 주위로 머리카락이 폭풍 구름처럼 눈에 띄었다. 그녀의 소유주이자 헴 출신의 노예 주인인 라사라는 사람에게 떠밀린 그녀는 작고 구부정하고 방어적으로 보였지만, 아직 주변 사람들로부터 자신만의 공간을 확보하고 있었다. 그녀는 포로이고 추방자였으나, 그 젊은 얼굴에는 내가 사랑한 그녀 나라 사람들 특유의 자존심과 상냥함 어린 표정이 엿보였다. 나는 그녀와 몹시 이야기를 나누고 싶었다.

관찰자 시점(3인칭)

이 시점은 소설에만 한정된다. 전략은 이전 시점과 거의 같다. 시점인물은 사건을 목격하는 제한적 3인칭 서술자다.

믿을 만하지 않다는 것은 서술자의 인물됨을 보여주는 복잡하고 미묘한 방식이다. 관찰하는 서술자는 주인공이 아니므로 독자는 보통 이 시점인물이 1인칭이든 3인칭이든 꽤 믿을 만하거나 적어도 솔직하다고 간주해도 무방하다.

세프리드 공주: 3인칭 관찰자 시점

그녀는 투파 옷을 입고 있었다. 애나가 15년간 보지 못한 묵직한 붉은 로브였다. 그녀의 소유주이자 헴 출신의 노예 주인인 라사라는 사람에게 떠밀린 공주는 작고 구부정하고 방어적으로 보였지만 아직 주변 사람들로부터 자신만의 공간을 확보하고 있었다. 그녀는 포로이고 추방자였으나, 그 젊은 얼굴에서 애나가 사랑한 투파 사람들 특유의 자존심과 상냥함 어린 표정이 보였다. 애나는 그녀와 몹시 이야기를 나누고 싶었다.

시점 전환에 관한 고찰

내가 워크숍에 참여한 사람들의 글에서 가장 자주 (그리고 출간된 작품에서도 자주) 맞닥뜨린 서술상의 문제가 바로 시점을 다루는 문제였기에 이 점을 상세히 설명하고자 한다. 즉, 시점이 일관되지 않고 자주 바뀌는 문제 말이다.

시점은 논픽션에서도 문제가 된다. 회고록 작가가 독자에게 제인 아줌마가 무슨 생각을 하는지, 프레드 아저씨가 왜 쇠고리를 삼켰는지 말하기 시작하면 말이다. 회고록 작가들은 제인 아줌마의 생각이나 프레드 아저씨의 동기가 알려진 사실이 아니라 다만 작가의 추측이나 견해, 해석이라고 확실히 밝히지 않고서는 그런 말을 할 권리가 없다. 회고록 작가들은 일순간이라도 전지적일 수 없다.

소설에서 비일관적인 시점은 매우 자주 일어나는 문제다. 잦은 시점의 변화는 잘 알고 능숙하게 다루지 않으면 독자를 골치 아프게 만들고, 양립 불가능한 요소들을 오가며 동일시하고, 감정을 혼란스럽게 하고, 이야기를 왜곡한다.

특히 앞에서 설명한 다섯 가지 시점 중에서 어느 한 시점을 다른 시점으로 바꾸면 위험하다. 1인칭에서 3인칭으로 바꾸거나 관여적 작가 시점에서 관찰자 시점으로 바꾸면 목소리에 중대한 변동이 생긴다. 이러한 변동은 전체적인 어조와 글의 구조에 영향을 미칠 것이다.

제한적 3인칭 시점 안에서 시점인물이 한 인물에서 다른 인물로 바뀔 때도 똑같이 잘 알고 주의를 기울여야 한다. 작가는 시점인물이 바뀔 때 알아야만 하고 이유가 있어야만 하며 통제할 수 있어야 한다.

나는 앞의 두 단락을 다시 한번 더 반복해서 쓰고 싶지만 그러면 무례할 것이므로 대신 다시 읽어보기를 부탁한다.

다음에 나올 시점 연습은 글을 쓸 때 무슨 시점을 사용하고 있는지, 언제 어떻게 시점을 바꾸는지에 대해 일시적으로 아주 집중해서 의식하도록, 그리하여 언제나 의식할 수 있도록 하기 위함이다.

　제한적 3인칭은 현재 소설가 대부분이 가장 익숙하게 사용하는 시점이다. 물론 1인칭 주인공 시점은 회고록 작가들이 대개 사용한다. 어떠한 글을 쓰든 상관없이 다른 가능한 시점을 모두 시도해보면 좋겠다.

　소설가는 다른 자아가 되어 다른 이의 목소리로 글을 쓰는 데 익숙하다. 하지만 회고록을 쓰는 경우는 그렇지 않다. 사실에 입각한 이야기를 할 때 제한적 3인칭을 사용하면 다른 실존 인물의 생각과 느낌을 아는 척하는 셈이므로 침해 행위가 된다. 그러나 자신이 창조한 인물의 생각과 느낌을 아는 척하는 것은 문제되지 않는다. 그러므로 회고록 작가들도 그저 연습 삼아 소설가처럼 뻔뻔하게 이야기를 창조하고 인물을 만들어보기를 바란다.

연습7:
시점

서사적으로 묘사할 만한 장면을 생각해보자(원고지 6~10매). 어떤 것이든 괜찮지만 반드시 여러 사람이 뭔가를 하는 장면이어야 한다. (여러 사람이란 두 명 이상을 의미한다. 세 명 이상이라면 유용할 것이다.) 거창하고 중요한 사건이어도 되지만 그럴 필요는 없다. 하지만 아무리 사소한 일이라도 뭔가가 반드시 일어나야 한다. 슈퍼마켓에서 카트끼리 얽힌다든가, 가족이 식탁에 둘러앉아 가사 분담에 대해 말다툼을 벌인다든가, 거리에서 작은 사고가 일어났다든가 하는 식으로 말이다.

이번 시점 연습에서는 대화문을 거의 쓰지 않거나 아예 쓰지 말라. 인물들이 대화를 하면 그들의 목소리가 시점을 가리기 때문에 이번 연습의 핵심인 시점을 탐구할 수 없게 된다.

7-1 두 가지 목소리

첫째, 사건에 참여하는 인물 중 한 사람의 시점으로 이야기를 쓰라. 노인이든 아이든 고양이든 원하는 무엇이든 좋다. 제한적 3인칭 시점을 사용하라.

둘째, 같은 이야기를 사건에 참여하는 다른 인물의 시점으로 써보라. 역시 제한적 3인칭 시점을 사용하라.

연습의 다음 부분으로 넘어가기 전에 장면이나 상황, 이야기가 고갈된다면 같은 조건으로 다른 상황을 새로 만들어도 좋다. 하지만 원래의 장면을 다른 시점으로도 계속 쓸 수 있다면 그냥 쭉 탐구해보도록 하자. 그 편이 이 연습을 가장 유용하고 유익하게 할 수 있는 방식이다.

7-2 객관적 작가 시점

같은 이야기를 객관적 작가 시점('벽 위의 파리' 시점)으로 써보라.

7-3 관찰자 시점

기존 장면에서 사건이 벌어지는 곳에 있긴 하지만 참여하지 않고 구경만 하는 인물이 없었다면 지금 추가하라. 같은 이야기를 그 인물의 시점으로 써보라. 1인칭도 좋고 3인칭도 좋다.

7-4 관여적 작가 시점

같은 이야기나 새로운 이야기를 관여적 작가 시점으로 써보라.

관여적 작가 시점을 쓸 때는 글 전체를 두세 페이지까지 확장해야 할 수도 있다. 이야기에 맥락을 부여하고, 이전에 무슨 일이 있었고 이후에 무슨 일이 이어지는지를 찾아내야 할지도 모른다. 객관적 작가는 최소한의 공간만 차지하지만, 관여적 작가는 움직일 공간과 시간이 꽤 많이 필요하다.

기존에 썼던 이야기가 이 시점에 적합하지 않다면 감정적으로나 윤리적으로나 관여할 수 있는 이야기를 새로 찾아라. 실제로 겪은 사건이어야 한다는 뜻은 아니다. (만약 그렇게 되면 자서전 방식에서 벗어나 소설적 양식인 관여적 작가 시점으로 쓰기가 힘들 것이다.) 그리고 이야기를 설교하듯이 쓰라는 뜻도 아니다. 다만 관심 있는 무언가에 대한 이야기를 쓰라는 뜻이다.

• **주의:** 말하여지지 않은 생각

많은 작가가 인물이 입 밖으로 꺼내지 않은 생각을 어떻게 제시할지 고민한다. 편집자들은 그대로 내버려두면 인물의 생각을 모두 기울임체로 처리할 가능성이 높다.

생각을 직접적으로 제시할 때는 대화와 똑같이 취급한다.

• 제인 아줌마는 생각했다. '맙소사, 그가 쇠고리를 먹고 있잖아!'

하지만 인물의 생각을 제시할 때 굳이 따옴표를 넣을 필요는 없다. 그리고 기울임체나 그 외의 어떤 인쇄상의 장치를 사용하면 내용이 지나치게 강조될 수 있다. 그냥 그 부분이 누군가의 머릿속에서 떠오른 생각이라는 점을 확실하게 하라. 방법은 다양하다.

- 짐의 외침을 들은 순간, 제인 아줌마는 프레드가 결국 쇠고리를 삼켰다는 것을 알았다.

- 제인은 단추들을 종류별로 정리하면서 혼자 생각했다. 저 양반이 또 쇠고리를 삼킬 게 뻔해.

- 제인은 생각했다. 오, 저 늙은 멍청이가 빨리 쇠고리를 삼켜버렸으면!

- **논평하기:** 이번 시점 연습에서 쓴 글을 논평하거나 나중에 생각하고 토론하다 보면 각자 강하게 끌리는 특정 목소리와 시점이 다양하게 생길 것이다. 그에 대해 생각하고 토론해보면 흥미로울 것이다.

- **나중에:** 이번 연습 중 몇 가지를 다시 해봐도 좋다. 같은 조건으로 다른 이야기를 쓰거나 연습글들을 다시 이어서 쓸 수도 있다. 시점과 서술자의 목소리 선택에 따라 이야기의 어조와 효과, 심지어는 의미까지 엄청나게 달라질 수 있다. 작가들은 자신이 하고 싶은 이야기가 '막혔다'가 그 이야기를 말할 적절한 인칭을 찾아낸 후에야 비로소 앞으로 나아가는 경험을 종종 한다. 1인칭일지 3인칭일지, 관여적 작가일지 제한적 3인칭 서술자일지, 사건에 개입하는 인물

일지 방관자일지, 서술자가 한 명일지 여러 명일지 선택해야 한다. 다음의 추가 연습은 선택 범위를 넓혀주는 데도, 선택의 필요성을 깨닫는 데도 도움이 될 것이다.

연습 7 추가 선택지

새로운 이야기를 써보라. 다만 이번에는 '두 가지 목소리' 모두 제한적 3인칭 말고 1인칭 시점을 사용한다.

아니면 어떤 사고에 관한 이야기를 두 가지로 써보라. 하나는 객관적 작가 시점이나 신문 기사와 같은 양식으로, 또 하나는 그 사고에 연루된 인물의 시점으로 쓰라.

특히 꺼리는 시점이나 목소리가 있다면 그저 왜 싫어하는지 알기 위해서라도 다시금 시도해보기 바란다. (타피오카가 꺼림칙해 보일 수도 있지만, 일단 그냥 먹어보면 분명 좋아하게 될 것이다.)

전지적 작가 시점은 구식이 되었고, 이야기 전체를 안다고 인정하는 서술자에 익숙하지 않은 독자들도 있을 것이다. 그러므로 관여적 작가 시점이 쓰인 예시문 몇 가지를 제시하면 도움이 될 것이다.

다음 예시문 중 둘은 빅토리아 시대 소설로, 뻔뻔한 서술자가 과감하고 활기차게 이야기에 관여한다. 『톰 아저씨의 오두막집』에서의 이 부분은 노예인 일라이저가 자기 아이가 팔릴 예정임을 알고 도주하는 장면이다.

예시문 11

서리 내린 땅이 발밑에서 빠직 갈라지는 소리가 나자 그녀는 흠칫 몸을 떨었다. 잎이 바스락 흔들리고 그림자가 바르르 떨릴 때마다 피가 심장으로 솟구치며 발걸음이 빨라졌다. 그녀는 자기 안에서 밀어닥치는 힘에 스스로 놀랐다. 아들이 마치 깃털처럼 가볍게 느껴지고, 공포로 몸이 떨릴 때마다 그 초자연적인 힘이 더욱 강하게 밀려오는 듯했기 때문이다. 그러는 동안 창백한 입술에서는 하느님께 드리는 기도가 무심코 계속 튀어나왔다. "주여, 도와주세요! 주님, 구해주세요!"

그대 어머니여, 만약 이 아이가 당신의 해리였거나 윌리였다면, 내일 아침 잔인한 노예 상인이 당신에게서 그 아이를 빼앗아가려 한다면, 당신이 그 상인을 보았으며 계약서가 서명되어 전해졌다는 소리도 들었다면, 그리고 겨우 자정에서부터 아침 전까지 탈출해야만 한다면—당신은 얼마나 빨리 걸을 수 있겠는가? 소중한 아기를 가슴에 안고—작은 머리는 어깨에 기대고 작고 부드러운 팔은 안심한 듯이 당신의 목을 안은 채 잠들어 있는 아이를 데리고—당신은 그 짧은 시간 안에 얼마나 멀리 갈 수 있겠는가?

해리엇 비처 스토,
『톰 아저씨의 오두막집』(대교출판, 2008)

이러한 장면의 힘은 물론 앞에서부터 누적된 것이기는 하지만, 이 발췌된 부분만 보더라도 작가가 갑작스레 독자를 돌아보는 대목이 놀랍고 감동적으로 느껴진다. "당신은 얼마나 빨리 걸을 수 있겠는가?"

예시문 12는 디킨스의 『황폐한 집』에 나오는 처음 세 챕터의 첫 페이지들이다. 첫 두 챕터는 관여적 작가 시점과 현재 시제로 되어 있다. 세 번째 챕터는 1인칭 주인공 시점과 과거 시제로 되어 있으며, 서술자는 에스터 서머슨이라는 등장인물이다. 작품 전체에 걸쳐 챕터마다 이런 식으로 시점이 바뀌는데, 이러한 전환은 이례적이다. 나중에 더 이야기하도록 하겠다.

예시문 12

1장: 챈서리 법정에서

런던. 미카엘제 개정기가 얼마 전에 끝나고, 대법관이 링컨스인 홀에서 법정을 여는 때. 무자비한 11월 날씨. 거리는 마치 바닷물이 차 있었다가 얼마 전에 육지에서 빠져나간 듯이 엄청난 진창이라, 홀본 힐 대로에서 12미터쯤 되는 메갈로사우르스 한 마리가 거대한 도마 뱀처럼 어기적거리며 지나가는 것을 마주친다 해도 이상하지 않을 만하다. 굴뚝 꼭대기에서 연기가 내려오면서 검은 안개비처럼 흩뿌리는데 함박눈 눈송이만큼 커다란 검댕 조각이 떨어지기도 하니, 태양의 죽음을 애도하는 듯 느껴진다. 개들은 서로 구별이 안 될 만큼 진흙투성이. 말들도 나을 것이 없으니, 측면 눈가리개에까지 흙이 튀었다. 보행자들은 다들 짜증에 감염되어서 서로 우산을 밀어제치다가 길모퉁이에서 발을 헛디디는데, 날이 밝은 이래(날이 밝기나 했다면 말이지만) 여태껏 이 길모퉁이에서 다른 보행자들 수천수만 명이 넘어지고 미끄러지면서 진흙덩어리 위에 예금해놓은 진흙덩어리들이 보도에 끈끈하게 들러붙어서 복리 이자까지 붙어 불어나 있다. 어디나 안개투성이. 강 위쪽에 작은 초록색 섬들과 풀밭으로 올라가는 안개. 강 저편에 늘어선 배들과 거대한 (그리고 더러운) 도시의 오염된 강변 사이로 떠다니며 더러워지는 안개.

에섹스 습지대에도 안개, 켄트 고지대에도 안개. 석탄선 주방으로도 살금살금 들어가는 안개, 커다란 배들의 돛 활대 위에 웅크려 앉아 있고 밧줄이며 쇠사슬 안을 맴도는 안개, 바지선과 작은 배들 뱃전에 늘어진 안개. 그리니치 병원 병동 난롯가에서 색색 숨을 내쉬는 늙은 연금 수령인들의 눈과 목구멍 속에도 안개는 들어가고,

격분한 선장이 오후에 텁텁한 선실로 내려가 피워 문 파이프 담뱃대와 대통으로도 안개는 들어가고, 갑판 위에서 덜덜 떠는 작은 견습 선원 소년의 발가락이며 손가락도 안개는 지독하게 꼬집어댄다. 어쩌다 다리에 올라온 사람들은 온통 안개에 휩싸인 채, 높이 안개구름 사이에 걸린 기구氣球에 타고 있는 것처럼, 난간 아래로 펼쳐진 안개 낀 하늘을 신기해하며 내려다본다.

몇 장소에서 안개 사이로 어렴풋이 빛나는 가스등은 물기를 가득 빨아들인 들판에서 농부와 시골 청년들의 눈에 비친 태양처럼 보인다. 가게들 대부분은 원래보다 두 시간 일찍 불을 밝혔다—가스등도 그 사실을 아는 것처럼 초췌하고 꺼리는 듯한 모습이다.

쌀쌀한 오후는 그 어느 때보다도 쌀쌀하고, 짙은 안개는 어느 때보다 짙고, 질척거리는 거리는 어느 때보다 질척한 곳, 그곳에 납처럼 칙칙한 오래된 자치체의 문지방을 위한 장식품으로 썩 어울리는 납처럼 칙칙한 오래된 방해물이 하나 있으니, 바로 템플 바다. 그리고 템플 바 바로 옆 링컨스인 홀에 떠도는 안개 한가운데, 대법관님께서 챈서리 대법정에 앉아 있다.

2장: 사교계에서

나의 레이디 데들록께서는 파리로 출발하기 며칠 전에 시내의 저택으로 돌아가시더니 그곳에서 몇 주간 머물고자 하신다. 그 뒤의 거취는 어떻게 하실지 확실하지 않다. 사교계의 정보부라 할 만한 인사들이 그렇게 전하며 파리 사람들을 위로하고 있고, 그들은 사교계의 일을 모두 꿰고 있다. 그들과 다른 식으로 알고 있으면 비사교적인 행각이 된다. 나의 레이디 데들록께서는 링컨셔에 내려가 계셨는데, 허물없는 대화를 나누실 때 '내 장소'라고 부르시는 곳에서 지내셨다. 링컨셔의 물은 썰물처럼 빠져나갔다. 공원 다리 아치에 물이 함빡 스몄다가 쭈욱 빨려나갔다. 인접한 저지대는 폭 800미터짜리의 고인 강 같아서, 우울한 나무들이 섬처럼 떠 있고 지면은 하루 종일 내리는 비에 온통 구멍이 나 있다. 나의 레이디 데들록의 '장소'는 엄청나게 황량하다. 오래도록 낮이고 밤이고 날씨가 너무 축축해서 나무들은 축축이 젖어 보이고, 나무꾼이 도끼로 나무를 베고 가지를 쳐도 쾅 소리도 우지끈 소리도 나지 않으리만치 눅눅하다. 흠뻑 젖은 사슴들이 지나가는 길에 물웅덩이가 남는다.

소총의 총성은 습한 공기 속에서 무디게 울리고, 포연은 꼭대기에 잡목숲이 자라난 녹색 언덕으로 작은 구름처럼 느릿느릿 움직여가며 빗줄기 뒤의 배경이 된다. 나의 레이디 데들록의 창가에서 내다보이는 풍경은 납색이기도 하고 먹물색이기도 하다. 석재 테라스 위 꽃병이 전경前景이 되어 하루 종일 비를 담고, 묵직한 빗방울이 판석이 넓게 깔린 보도로 똑똑똑 떨어진다. 오래전부터 '유령의 길'이라고 불리며, 매일 밤 유령이 걷는다고 하는 길이다. 일요일, 공원의 작은 교회에 가면 곰팡이투성이다. 오크나무 설교단에 갑자기 차가운 땀이 맺히기 시작하고, 전체적으로 죽은 옛 데들록 가문 사람들의 냄새와 맛이 난다. 나의 레이디 데들록께서는 저택 문간채에 있는 침실에서 이른 황혼이 드리운 바깥을 내다보셨다. 격자창에 비치는 난로 불빛, 굴뚝에서 피어오르는 연기, 그리고 옷을 몇 겹씩 껴입은, 빗속에서 번들번들 빛나는 남자가 대문을 지나 들어오는 모습, 그를 만나러 비를 뚫고 달려나가는 아이와 아이를 쫓아나가는 여자를 보시고, 나의 레이디 데들록(아이가 없으시다)은 꽤 노여워하셨다. '그땐 지루해서 죽는 줄 알았다'고 말씀하신다.

그러므로 나의 레이디 데들록은 링컨셔의 그 장소를, 비를, 까마귀와 토끼와 사슴을, 메추리와 꿩 들을, 떠나셨다. 하녀장이 오래된 방들을 지나면서 덧문을 닫아걸자, 이미 과거가 된 데들록 일가의 초상화들은 그저 의기소침해진 채 축축한 벽 속으로 사라져버리는 듯했다. 그러나 그들이 언제 다시 나타나려고 할지는, 마치 악마가 그렇듯 과거와 현재는 두루 알지만 미래는 모르는 사교계의 정보부로서는 아직 단언할 수가 없다.

레스터 데들록 경은 아직 겨우 준남작이지만 그보다 더 강력한 준남작은 없다. 그의 가문은 산처럼 오래되었으나 산보다 덕망이 무한히 더 깊다. 세상이 산 없이 버틸 수 있을지 몰라도 데들록 가문 없이는 끝장이라는 것이 그의 대체적인 입장이다. 그는 전체적으로 볼 때 자연이 좋은 개념이라고 인정하지만(장원 담장에 둘러싸여 있지 않은 자연이라면 좀 덜 좋다고 여길 듯하다), 그 개념을 제대로 실현하려면 해당 지방의 명문가에 의존해야만 한다고 본다. 그는 양심에

엄격한 신사로서, 모든 천박하고 비열한 것을 경멸하며, 자신의 고결함에 조금이라도 흠집 잡힐 일을 만드느니 어떤 방식으로라도 서슴없이 죽을 각오가 되어 있다. 그는 고귀하고, 완고하고, 정직하고, 기개 있고, 몹시 편파적이고, 완벽하게 비합리적인 인간이다.

3장: 진전

이 책의 내 몫을 쓰기 시작하는 것이 무척 힘겹다. 나는 내가 영리하지 않다는 사실을 알기 때문이다. 언제나 알고 있었다. 기억한다. 정말로 어렸을 때, 인형과 단둘이 있을 때면 "자, 돌리야, 나는 영리하지 않아. 너도 잘 알겠지, 그러니까 나를 참아줘야만 해, 착한 아이처럼!"이라고 말하곤 했고, 그러면 그 애는 내가 분주하게 바느질을 하면서 비밀을 낱낱이 일러주는 동안 커다란 안락의자에 기대앉아서 아름다운 얼굴과 장밋빛 입술로 나를 바라보곤 했다―딱히 나를 바라보았다기보다는 그냥 아무것도 보지 않았을지도 모르지만.

내 사랑스러운 낡은 인형! 나는 부끄러움을 하도 많이 타서, 그 누구에게도 입을 거의 열지 못했고 마음은 한 번도 열지 못했다. 학교를 마치고 집에 돌아와 위층의 내 방으로 뛰어가서 "오, 내 사랑스럽고 믿음직한 돌리, 네가 나를 기다리고 있을 줄 알았어!"라고 말하고, 인형이 앉아 있는 커다란 의자의 팔걸이에 몸을 기댄 채 방바닥에 앉아 이야기를 하노라면 얼마나 마음 깊이 위안이 되던지, 그때를 떠올리면 거의 눈물이 날 지경이다. 나는 인형과 헤어진 뒤 하루

동안 눈여겨본 것들을 모두 털어놓았다. 나는 항상 뭔가를 눈여겨보는 아이였다. 눈치가 빠르지는 않았다, 결코! 그저 내 앞에 지나가는 것을 조용히 눈여겨보고, 그보다 상황을 더 잘 파악할 수 있다면 좋겠다고 생각하는 식이었다. 아무리 해도 이해력이 빠르지 않았다. 내가 누군가를 정말로 깊이 사랑할 때는 더 나아지는 듯하다.

하지만 그마저도 내 허영일 뿐인지도 모른다.

기억할 수 있는 가장 어린 시절부터 나는 대모님 슬하에서 자랐다. 내가 예쁘지 않다는 사실만 빼면 꼭 동화 속에 나오는 공주님처럼 말이다. 적어도 나는 그분을 대모님으로 알고 있었다. 그분은 좋은, 아주 좋은 분이었다! 주일마다 세 번씩 교회에 갔고, 수요일과 금요일에는 아침 기도를 드리러 갔고, 강의가 있다고 하면 언제나 들으러 갔고, 그 모든 일을 한 번도 빼먹지 않으셨다. 얼굴 생김새는 위엄이 있었는데, 미소라도 지으신다면 천사 같겠다고 생각했지만 그분은 결코 미소 짓지 않으셨다. 언제나 엄숙하고 엄격했다. 나는 대모님이 아주 좋은 분이라서 다른 사람들의 부덕한 행실을 언짢아하시기 때문에 일평생 그런 표정인 것이라고 생각했다. 나는 내가 그분과 몹시 다르다고 생각했다. 설령 아이와 성인 여자 사이의 차이를 최대한 감안한다 하더라도, 나는 아주 보잘것없고 아주 하찮고 아주 동떨어진 것만 같아서 그분을 결코 거리낌 없이 대할 수가 없었다. 아니, 원하는 만큼 그분을 사랑할 수조차도 없었다. 그분이 얼마나 좋은 분인지, 내가 그분에게 얼마나 가치 없는 존재인지 생각하면 너무 속상해서, 내가 더 착한 심성이 되기를 열렬히 바랐고 사랑스러운 낡은 인형에게도 매우 자주 그렇게 이야기했다. 하지만 나는 내가 마땅히 해야 하는 만큼 대모님을 사랑하지 못했고, 내가 더 착한 아이였더라면 그분을 사랑할 수 있었으리라고 생각했다.

찰스 디킨스,
『황폐한 집』(지식을만드는지식, 2009)

예시문 13은 『반지의 제왕』에서 발췌한 부분으로 관여적 작가 시점에 열려 있는 매력적인 가능성을 보여준다. 여기서 관여적 작가는 지나가던 여우의 시점으로 들어간다. 여우는 "그 이상으로 알지 못했고" 우리도 그 여우에 대해 그 이상으로는 알지 못한다. 하지만 여우는 그 한순간 예민하고 생생하게 거기에 존재하며 거대한 모험의 불확실한 서막을 우리에게 보여주고 있다.

예시문 13

"너무 졸려서 길바닥에 쓰러질 것 같아요. 서서 잠을 잘 작정인가요? 벌써 자정이 가까운 것 같은데요."

프로도가 대답했다. "난 자네가 야간 도보를 좋아하는 줄 알았는데. 하지만 급히 서두를 필요는 없지. 메리가 모레 만나자고 했으니까. 아직 이틀은 더 여유 있어. 쉴 만한 데가 나오면 숨 좀 돌리고 가지."

샘이 말했다. "서풍이 부네요. 산 너머 저쪽에 가면 바람이 불지 않는 아늑한 곳이 나올 것 같아요. 제 기억이 맞는다면 바짝 마른 전나무숲이 있었던 것 같고요." 호빗골에서 30여 킬로미터 이내 지리는 샘이 잘 알고 있었다. 그러나 그것이 지리에 대한 그의 지식의 한계였다.

그들은 산꼭대기를 넘어서 전나무가 우거진 숲으로 들어갔다. 길옆으로 벗어나 송진 냄새가 나는 캄캄한 숲으로 들어간 일행은 불을 지피기 위해 땔나무와 솔방울을 주워 모았다. 그들은 곧 커다란 전나무 밑동 근처에 불을 피우고 둘러앉았고, 꾸벅꾸벅 졸기 시작했다. 잘 마른 나뭇가지는 탁탁 튀는 소리를 내며 유쾌하게 타올랐고 호빗들은 불가를 빙 둘러 전나무 뿌리 틈새에서 담요를 뒤집어쓰고 곧장 깊은 잠에 빠져들었다. 그들은 보초를 세우지 않았고, 프로도 역시 별로 위험을 느끼지 않았다. 그들은 아직 샤이어 한복판에 있었던 것이다. 불이 사그라지자 짐승이 몇 마리 다가와서 잠든 그들의 얼굴을 가만히 내려다보았다. 무슨 볼일인지 숲을 지나가던 여우 한 마리가 잠시 멈춰 서서 킁킁거리고 냄새를 맡아보았다.

'호빗들이잖아.'

여우는 생각에 잠겼다.

'흠, 다음엔 또 뭘까? 근처에 이상한 일들이 벌어진다는 얘긴 들었지만, 호빗이 나무 밑에서 잠을 잔다는 건 금시초문이군, 그것도 셋씩이나! 뭔가 엄청나게 희한한 일이 있는 모양이야.' 여우의 생각은 맞았지만, 그는 그 이상은 알지 못했다.

J. R. R. 톨킨,
『반지의 제왕』(아르테, 2021)

『등대로』의 「시간이 흐르다」에서 발췌한 예시문 8로 돌아가보면 관여적 작가가 자신만의 인식과 인물의 시점을 아주 빠르고 수월하게 오가는 모습을 볼 수 있다. 시점들은 서로 오버랩되고 "세상의 아름다움의 목소리"로 녹아들지만 이는 또한 이야기가 스스로 이야기를 말하는 작품 자체의 목소리이기도 하다. 이렇게 빠르고 별다른 신호 없는 시점 전환은 나중에 더 얘기하겠지만, 드물고 엄청난 확신과 기술을 요한다.

++ 더 읽을거리

관여적 작가 혹은 '전지적' 작가 시점: 톨스토이의 『전쟁과 평화』를 읽어보라고 말하기는 좀 조심스럽다. 상당히 힘든 일이 될 테니까 말이다. 하지만 『전쟁과 평화』는 훌륭한 작품이다. 그리고 기술적인 측면에서 봐도 작가의 목소리에서 인물의 시점으로 눈에 띄지 않게 넘나드는 방식이 거의 기적적이기까지 하다. 남자, 여자, 심지어 사냥개의 내면의 목소리까지 완벽히 깔끔하게 소화하다가 작가의 생각으로 다시 돌아간다. 책을 끝까지 읽고 나면 수많은 이의 생애를 살았다고 느끼게 될 텐데, 아마 이런 경험이 소설이 줄 수 있는 최고의 선물일 것이다.

객관적 작가 혹은 '벽 위의 파리' 시점: 자칭 '미니멀리스트'라고 하는 작가들의 작품을 읽어보라. 예를 들어 레이먼드 카버의 소설들은 이 기법의 좋은 예시다.

관찰자 시점: 헨리 제임스와 윌라 캐더 둘 다 이 기법을 자주 사용했다. 제임스는 관찰적 서술자로 제한적 3인칭을 사용하여 이야기 전체와 거리를 둔다. 캐더는 남성 목격자가 서술자인 1인칭 관찰자 시점을 사용했고, 이러한 기법은 『나의 안토니아』(열린책들, 2011)와 『로스트 레이디』(코호북스, 2020)에서 특히 탁월하다. 여성 작가가 왜 남성의 가면을 쓰고 말하는지를 생각해보면 흥미로울 것이다.

믿을 만하지 않은 서술자: 헨리 제임스의 『나사의 회전』(민음사, 2005)은 고전적인 예시다. 독자는 작품 속 가정교사가 하는 말을 아무것도 믿지 말고, 그녀가 무엇을 빼고 말하고 있는지 잘 살펴보아야 한다. 그녀는 독자를 속이고 있는가, 자기 자신을 속이고 있는가?

장르문학에서의 시점은 흥미롭다. 사람들은 SF가 대개 인물의 내면으로 들어가지 않는다고 생각할 수도 있지만, 실제로 읽어보면 전혀 그렇지 않다는 사실을 알게 될 것이다. 꽤 친근한 연작소설들, 가령 『스타트렉』의 인물들이 등장하는 소설들을 보면 시점이 매우 정교하게 전환된다.

추리소설은 대개 '전지적'으로 쓰였지만, 서술자가 제한적으로 알거나 점점 알아가는 것이 종종 추리의 핵심적인 장치가 되기도 한다. 가장 뛰어난 추리소설 중 많은 이야기가 탐정의 시점으로 쓰였다. 예를 들어 토니 힐러먼의 미국 서남부 미스터리, 도나 리언Donna Leon의 베니스 미스터리, 새러 패러츠키의 시카고 미스터리 등이 그렇다.

연애소설은 여주인공의 관점에서 제한적 3인칭 시점으로 쓰는 것이 통례이지만, 1인칭 주인공 시점, 관찰자 시점, 관여적 작가 시점도 마찬가지로 이 장르에 적합하다.

서부소설의 창시자 오웬 위스터Owen Wister의 고전 『버지니언 The Virginian』은 동부에서 갓 이주한 서술자의 1인칭 관찰자 시점으로 대부분 쓰였다. (이 장르의 많은 후대 작가들이 이런 전략을 모방했다.) 위스터는 관찰적 서술자가 관찰하지 못한 사건들을 우리에게 말해주려고 약간 어색하게 관여적 작가 시점으로 옮겨간다. 몰리 글로스의 아름다운 서부소설인 『시냇가에서 뛰어내리다The Jump-Off Creek』는 일기 형식의 1인칭 주인공 시점과 제한적 3인칭 시점을 오간다. 편지 형식으로 쓴 개인적 회고록의 흥미로운 예시를 보여주는 엘리노어 프루잇

스튜어트의『엘리노어의 편지』(Smart Read Korea, 2014)는 특히 고통스러웠던 한순간에 대해 3인칭으로 서술해서 마치 작가 자신이 아닌 다른 사람의 이야기처럼 쓰였다.

시점을 바꾸고 여러 명의 서술자를 활용하는 것은 많은 현대 단편 및 장편소설에서 핵심적인 구조적 장치다. 마거릿 애트우드는 이러한 기법을 훌륭하게 사용한다. 그녀가 쓴『도둑 신부』(민음사, 2011)나 단편소설들, 혹은『그레이스』(민음사, 2017)를 읽어보라. (특히『그레이스』는 아주 잘 만들고 잘 쓴 소설이라서, 이 책의 거의 모든 주제에 적합한 모델이 될 수 있을 정도다.) 영화「라쇼몬」이나 원작 소설을 본 적이 있는가? 같은 사건에 대해 목격자 네 명이 각자 완전히 다른 버전으로 서술하는 고전적인 이야기다. 캐롤린 시Carolyn See의『역사 만들기Making History』는 여러 서술자의 목소리로 쓰였으며 이 다양한 목소리들이 작품의 핵심적인 재치와 힘이다. 내가 쓴『해로Searoad』에 수록된 중편소설「헤르네스Hernes」에서는 네 명의 여인이 20세기 동안 내내 이어지는 작은 마을에서 살아가는 한 가족의 이야기를 들려주며 그들의 목소리가 세대를 넘어 오고 간다. 이러한 '합창' 서술 기법의 명작은 아마도 버지니아 울프의『파도』(솔, 2019)일 것이다.

8장

시점
바꾸기

그들은 과거에서 현재로 쉽게 항해해갔다.
하지만 지금 그들은 돌아갈 수 없다.

물론 시점을 바꾸어도 된다. 그것은 소설가로서 당신에게 당연히 주어진 권리다. 다만 내가 하고 싶은 말은 자기가 시점을 바꾸고 있음을 알아야 한다는 뜻이다. 어떤 소설가들은 자기도 모르는 채로 시점을 바꾼다. 독자를 수월하게 데리고 가기 위해서는 언제 어떻게 시점을 바꾸는지도 알아야 한다.

　단편에서 1인칭과 3인칭 시점을 오가기란 굉장히 어렵다. 심지어 장편소설에서도 예시문 12에서 본 것과 같은 시점 전환은 흔하지 않으며 결국은 현명하지 못한 결정일 수 있다. 『황폐한 집』은 강렬한 소설이며, 그 힘의 일부는 매우 인위적인 시점 전환과 목소리들 사이의 격차에서 나오는지도 모른다. 하지만 디킨스의 시점에서 에스터의 시점으로의 전환은 언제나 급격하고, 스무 살 소녀가 중년 소설가와 몹시 비슷한 목소리를 내기 시작하면 받아들이기 어렵다. (에스터가 지긋지긋하게 자기 비하를 일삼는 데 반해 디킨스는 그러지 않아서 그나마 다행이긴 하다.) 디킨스는 이런 서술 전략의 위험성을 잘 알고 있었다. 서술자인 작가는 결코 관찰적 서술자와 겹치지 않고 에스터의 내면으로 들어가지도 않으며 심지어 그녀를 보지도 않는다. 두 가지 서사는 별개로 남아 있다. 플롯 때문에 두 서사가 합쳐지지만 결코 서로 닿지 않는다. 독특한 장치다.

그러니까 종합해서 말하자면 1인칭과 3인칭 시점 간의 전환은 정말 확실한 이유가 있어야 하며 매우 신중하게 해야 한다는 것이다. 장치를 망가뜨리지 말라.

한 작품 안에서 객관적 작가 시점과 관여적 작가 시점은 정말로 오갈 수 없다. 나는 그렇게 하고 싶어 하는 이유를 모르겠다.

그리고 다시 한번 말하지만, 관여적 작가는 한 시점인물에서 다른 시점인물로 마음대로 이동할 수 있다. 그러나 너무 자주 바꾼다면, 글을 대단히 훌륭하게 제어하지 않는 한 독자는 이 인물에서 저 인물로 휙휙 옮겨 다니는 데 싫증을 내거나 누구의 내면을 보고 있는지 놓쳐버릴 것이다.

다른 인물의 시점으로 '잠깐' 들어가기는 특히 혼란을 자아낸다. 신중하게 한다면 관여적 작가는 그렇게 할 수 있다. (톨킨이 여우로 그렇게 했듯이 말이다.) 하지만 제한적 3인칭 시점에서는 그렇게 할 수 없다. 델라의 시점에서 이야기를 쓰는 경우, "델라는 로드니의 사랑스러운 얼굴을 올려다보았다"라고는 할 수 있지만 "델라는 믿을 수 없이 아름다운 보랏빛 눈동자를 로드니의 사랑스러운 얼굴을 향해 들어 올렸다"라고는 말할 수 없다. 비록 델라가 자신의 눈동자가 보라색이고 아름답다는 사실을 잘 알고 있다 하더라도 올려다보면서 동시에 자신의 눈동자를 보지는 않는다. 그녀의 눈동자를 보는 이는 로드니다. 델라의 시점에서 로드니의 시점으로 이동한 것이다. (델라가 자신의 눈동자가 로드니에게 미칠 영향을 염두에 두고 있었다면 이렇게 써야 한다. "그녀는 자신의 아름다운 보랏빛 눈동자가 로드니에게 영향을 미치리라 생각하며 눈을 들어 올렸다.") 이런 식의 시점 전환이 드물지는 않지만 언제나 불편하다.

관여적 작가 시점과 제한적 3인칭 시점은 넓은 범위에서 서로 겹친다. 관여적 작가는 보통 3인칭 서술을 자유롭게 구사하고 얼마 동안 한 인물에게만 인식을 제한할 수도 있기 때문이다. 작가의 목소리가 미묘할 때는 그 작품이 정확히 어느 시점으로 쓰였는지를 확실하게 구분하기가 어려울 수 있다.

결론적으로 말해, 작가는 한 인물의 시점에서 다른 인물의 시점으로 언제라도 이동할 수 있다. 다만 그럴 만한 이유와 방법을 알고, 잦은 시점 전환에 주의하고, 잠깐 동안만 바뀌게 하지 않는다면 말이다.

연습 8:
목소리 바꾸기

8-1 제한적 3인칭 시점 안에서 재빨리 바꾸기

여러 사람이 같은 활동이나 사건에 연관되어 있는 상황으로 짧은 서사문을 써보라(원고지 8~17매). 연습 7에서 생각했던 장면 중 하나를 활용해도 되고 같은 종류의 새로운 장면을 만들어도 좋다.

제한적 3인칭 시점으로 쓰되, 여러 다른 시점인물들(서술자들)을 사용하여 이야기를 전개하면서 한 인물에서 다른 인물로 시점을 전환하라.

줄을 바꾸거나, 바뀌는 부분의 맨 처음에 서술자의 이름을 괄호 안에 적어놓거나, 원하는 어떤 방식으로든 시점의 변화를 표시하라.

계속해서 말하지만, 아무런 표시 없이 시점을 자주 바꾸면 위태롭고 위험하다. 그러므로 다음 연습은 뭔가 위험한 일을 하는 셈이다.

8-2 살얼음 위를 아슬아슬하게 걷기

같은 이야기 혹은 같은 종류의 새로운 이야기를 좀 더 길게 써보라(원고지 8~28매). 의도적으로 시점을 한 인물에서 다른 인물로 여러 번 바꾸면서 독자에게 알리는 뚜렷한 표시는 전혀 넣지 말라.

물론 8-1에서 쓴 연습글에서 단순히 '표시'만 지우면 될 수도 있다. 하지만 그런 식으로는 그다지 배울 게 없다. 이번 '살얼음' 연습에서는 이야기를 서술하는 다른 테크닉이 필요하며 이야기 자체도 달라질 수 있다. 겉보기에는 제한적 3인칭 시점만 사용하는 듯 보이더라도 결국 관여적 작가 시점이 될 가능성이 높다. 이 얼음은 매우 얇고 물은 깊다.

『등대로』에서 발췌한 예시문 14는 이러한 종류의 시점 전환을 보여주는 모델이다.

예시문 14

왜 "우리는 하나님의 수중에 있다"라고 말하게 되었을까, 하고 그녀는 생각해보았다. 진실들 가운데로 슬그머니 미끄러져 들어오는 이 불성실성이 그녀를 화닥닥 놀라게 했고, 또한 화나게 하기도 했다. 그녀는 다시 뜨개질을 하기 시작했다. 도대체 어떻게, 그 어떤 하나님이 이 세상을 만들었을 수가 있단 말인가? 그녀는 물어보았다. 그녀의 이성으로 늘 이 세상에는 고통, 죽음, 가난이 있을 뿐 이성, 질서, 정의 같은 것은 존재하지 않는다는 사실을 확실하게 파악하고 있었다. 그녀는 이 세상이 저지르기에 지나치게 야비한 배신은 없다는 사실을 알고 있었다. 지속되는 행복이란 존재하지 않는다는 사실도 알고 있는 터였다. 그녀는 대단히 침착하게, 약간 입술을 오므리고, 이 사실을 의식하지는 못한 상태에서 뜨개질을 계속했다. 그녀 얼굴의 선들이 그렇게나 경직되고 침착해서 남편이 지나갈 때, 비록 철학자 흄이 무지무지하게 뚱뚱해져서 수렁에 빠졌을 때 헤어나지 못했던 일을 생각하고 킬킬거리며 웃고 있었지만, 그녀의 옆을 지나가면서 그는 그녀의 아름다움의 핵심에 존재하는 엄숙함을 주목하지 않을 수 없었다. 이것은 그를 슬프게 했다. 그녀의 초연함은 그에게 아픔을 주었다. 그는 지나가면서 그녀를 보호할 수 없다고 느꼈다. 울타리에 다다랐을 때 그는 슬펐다. 그는 그녀를 전혀 도와줄 수가 없었다. 그저 구경꾼처럼 곁에 서서 그녀를 지켜보는 수밖에 없었다. 사실상 끔찍한 진실을 말할 것 같으면 그는 사태를 오히려 악화시켰던 것이다. 그는 신경질적이었다ー그는 성미가 까다로웠다. 그는 등대 일로 화를 냈었다. 그는 울타리 속, 그것의 얽히고설킴, 그것의 어둠 속을 들여다보았다.

램지 부인은 우리가 항상 어떤 작은 것, 어떤 소리, 어떤 광경을 붙잡고 마지못해 고독에서 자신을 도와 헤어나게 된다고 느꼈다. 그녀는 귀를 기울였다. 그러나 주위는 대단히 조용했다. 크리켓 게임도 끝났고, 애들은 목욕을 하고 있었으며, 들리는 소리라고는 파도 소리뿐이었다. 그녀는 뜨개질하던 동작을 멈추었다. 그녀는 길고, 붉은색과 갈색이 감도는 양말을 잠깐 손에 대롱대롱 들고 있었다. 그녀는 빛줄기를 다시 보았다. 그녀의 의문 속에 약간의 아이러니를 담고, 우리가 잠이 깨었을 때는 제반 관계가 달라지고 마니까, 그녀는 그 꾸준한 빛줄기, 그 인정사정없고 냉혹한 것, 그렇게나 그녀를 닮았으면서 또 다른 한편으로는 그녀와 그렇게나 다른, 그 빛을 바라다보았다. 그것은 그녀를 좌지우지하는 존재였다. (그녀는 한밤중에 깨어나서 그 빛이 그들의 침대를 가로지르고 구부러져서 마루를 어루만지는 것을 보았다.) 그러나 그럼에도 불구하고 그녀는 홀딱 반해서 그 빛을 지켜보며 최면에 걸린 상태에서, 마치 그 빛이 은으로 된 손가락으로 그녀의 두뇌 안의 봉합된 용기容器를 어루만지고 있기나 한 것처럼 그것을 바라보았다. 그런데 그 용기가 폭발하듯이 열리게 되면 그녀에게 기쁨의 홍수를 퍼부을 것이다. 그녀는 행복, 정교한 행복, 강렬한 행복을 쭉 알아왔다. 그리고 그것은 해가 지고 바다의 파란색이 사라졌을 때 거친 파도를 은빛으로 부드럽게 만들어주었다. 그리고 그 빛은 순수한 레몬빛 파도 속에서 뒹굴었다. 그런데 그 파도는 굽이치고 부풀어 올라 해안에서 부서졌고, 황홀감이 그녀의 눈에서 작열했으며, 순수한 기쁨의 파도는 그녀 마음의 밑바닥 위로 질주해나갔고, 그녀는 더 바랄 것이 없어! 대만족이야!라고 느꼈다.

그는 몸을 돌려 그녀를 바라보았다. 아아! 그녀는 아름다웠다. 그 어느 때보다도 아름답다고 그는 생각했다. 그러나 그는 그녀에게 말을 건넬 수가 없었다. 그는 그녀를 방해할 수가 없었다. 그는 제임스가 떠나서 드디어 그녀가 홀로 있게 되었으니까 간절하게 그녀에게 말을 건네고 싶었다. 하지만 그는 말을 건네지 않기로 했다. 그는 그녀를 방해하고 싶지 않았다. 아름다움 속에서, 그녀는 지금 그에게서 멀리 떨어져나가 있었다. 그는 그녀를 그냥 내버려두고 싶어서 한마디 말도 하지 않고 그녀 옆을 지나갔다. 비록 그녀가 그렇게 멀리 있어 보여서 그녀에게 다다를 수 없는 것이 아픔으로 다가왔지만 그는 그녀를 돕기 위해서 아무 일도 할 수 없었다. 만약 그녀가 바로 그 순간 그에게 그가 결코 요청하지 않으리라고 알고 있는 것을 자진해서 해주지 않았더라면 그는 이번에도 한마디 말도 건네지 않은 채 지나쳤을 것이다. 그가 그녀를 보호해주고 싶어 하는 것을 알았기 때문에 그녀는 그를 소리 내어 부르고 사진틀에서 초록색 숄을 거두어 그에게 갔다.

버지니아 울프,
「창」, 『등대로』(솔, 2019)

울프가 쉬우면서도 완벽히 깔끔하게 시점을 바꾸는 방식을 보라. "왜"에서부터 "사실도 알고 있는 터였다"까지는 램지 부인의 시점이다. 그런 뒤 그녀의 시점에서 빠져나가는데, 램지 부인이 입술을 오므리고 "그렇게나 경직되고 침착"한 얼굴이 된 모습을 우리가 볼 수 있다는 점이 그 신호다. 그것은 수렁에 빠진 철학자 생각에 킬킬거리면서 지나가던 램지 씨의 시점에서 본 모습이다. 그리고 그는 그녀를 보호할 수 없다는 느낌에 슬퍼진다. 다음번 단락 구분은 램지 부인 시점으로 다시 바뀐다는 신호다. 그다음 전환은 무엇이며 어떤 신호가 주어지는가?

모방에 관한 조언

산문 작가들은 표절을 이성적으로 두려워하며 독창성을 개인주의적으로 중요하게 여기기 때문에, 대개 연습 삼아 의도적으로 타인의 작품을 모방하기를 꺼린다. 시 수업에서는 '아무개의 방식으로' 쓰거나 기성 시인의 시구나 운율을 모델로 시를 쓰는 연습을 시키곤 하지만, 산문 작법 교사들은 모방이라는 생각 자체도 피하는 듯하다. 나는 자신이 존경하는 산문 작품을 의식적으로 그리고 의도적으로 모방해보면 좋은 훈련이 될 뿐만 아니라 산문 작가로서 자신만의 목소리를 찾는 수단이 될 수 있다고 생각한다. 이 책에 나온 예시문 중 무엇이든 혹은 다른 어떤 작품이든 모방해보고 싶다면 그렇게 하라. 중요한 것은 의식이다. 모작이 아무리 성공적일지라도 연습일 뿐이고 그 자체로 완결이 아니라는 점, 나중에 자신만의 목소리로 능숙하고 자유롭게 글을 쓰기 위한 방편일 뿐이라는 점을 유념해야만 한다.

- **논평하기:** 연습글에서 시점 전환이 얼마나 잘 작동하는지 논해보라. 시점을 바꿈으로써 무엇을 얻었는가(혹은 잃었는가)? 한 가지 시점으로만 썼다면 작품이 어떻게 달라졌겠는가?

- **앞으로:** 한동안 소설을 읽을 때 어떤 시점이 쓰였는지, 시점인물이 누구인지, 언제 시점이 바뀌는지 등을 살펴보라. 다양한 작가들이 시점을 다루는 방식을 보면 흥미로울 것이다. 그리고 버지니아 울프나 마거릿 애트우드 같은 훌륭한 서사적 테크닉의 달인들이 쓴 작품을 보면 배울 점이 매우 많을 것이다.

9장

간접적인
스토리텔링

A: 윗돛대에서 돛 내려!
B: 그걸 찾으면 내릴게요!

이번 장에서는 스토리텔링의 다양한 측면들을 다루며, 이는 '사건들을 이야기한다'는 뻔한 뜻의 스토리텔링은 아닐 것이다.

어떤 이들은 스토리가 플롯을 뜻한다고 해석한다. 어떤 이들은 스토리를 사건으로 축소한다. 플롯은 문학과 작문 수업에서 아주 많이 논의되고 사건은 매우 높게 평가되기에, 나는 거기에 평형추를 다는 의견을 제시하고자 한다.

사건과 플롯 외에 아무것도 없는 스토리는 꽤 안타까운 문제다. 훌륭한 작품들도 그런 경우가 가끔 있다. 내 생각에 플롯이란 일어난 일들을 연쇄적인 인과관계로 탄탄하게 연결하는 스토리텔링의 한 가지 방식일 뿐이다. 플롯은 멋진 장치다. 하지만 스토리보다 우위에 있지 않으며 스토리에 필수적이지도 않다. 사건에 관해서라면, 스토리는 움직여야만 하며 무언가가 일어나야만 하는 것이 맞다. 하지만 사건은 도착하지 않은 편지나 말하지 못한 생각, 여름날의 경과에 불과할 때도 있다. 끊임없이 일어나는 격렬한 사건은 스토리가 전혀 말해지지 않았다는 신호인 경우가 많다.

내가 무척 좋아하고 몇 년간 논쟁해왔던 E. M. 포스터의 『소설의 이해』(문예출판사, 1990)에 스토리에 대한 유명한 설명이 있다.

스토리: 왕이 죽고 그 뒤에 왕비가 죽었다.
플롯: 왕이 죽자 왕비는 애통해하다가 죽었다.

내가 보기에 전자는 느슨하고 후자는 약간 구조화되었을 뿐, 둘 다 기본적으로 스토리다. 둘 중 어떤 것도 플롯이 들어 있지 않고 플롯도 아니다. "왕의 형제가 왕을 살해하고 왕비와 결혼하자, 왕세자는 화가 났다." 이렇게 하면 플롯이 된다. 사실 이것이 무슨 작품의 플롯인지 알아볼 것이다.

플롯의 수는 제한되어 있다(7개, 12개, 30개라는 각기 다른 주장이 있다). 반면, 스토리의 수에는 제약이 없다. 온 세상 사람들이 모두 자기 이야기를 갖고 있으며 서로 만날 때마다 또 다른 이야기가 시작된다. 컨트리 가수 윌리 넬슨이 노래를 어디에서 가져오느냐는 질문을 받았을 때 이렇게 대답한 적이 있다. "공기 중에 멜로디가 가득 차 있어서 그저 손만 뻗으면 됩니다." 세상은 이야기로 가득 차 있고 그저 손만 뻗으면 된다.

이런 말을 하는 이유는 글을 쓰기 전에 우선 탄탄한 플롯을 정교하게 계획해야 한다는 관념에서 벗어나도록 하기 위함이다. 물론 플롯을 먼저 짜는 것을 좋아한다면 그렇게 하라. 하지만 계획을 세우거나 플롯을 짜는 것을 좋아하지 않더라도 걱정하지 말라. 세상은 이야기로 가득 차 있다. 인물 한두 명이나 대화 한 토막이나 상황이나 장소만 있으면 그 안에서 스토리를 찾아낼 것이다. 그것에 대해 생각해보고, 글을 쓰기 전에 대체적인 방향을 파악할 수 있도록 일부분만 써보면, 나머지는 글을 쓰는 동안 저절로 해답이 나온다. 나는 '글쓰기의 항해술'이라는 내 표현이 마음에 드는데, 사실 스토리란 마법의 배다. 자기가 갈 경로를 알고 있다. 키를 잡은 사람이 할 일은 배가 자기 길을 찾도록 도와주는 것뿐이다.

또한 이번 장에서는 서사 안에서 정보를 전달하는 방법도 다룰 것이다.

이는 SF와 환상문학 작가들이 뚜렷하게 의식하고 있는 기술이다. 그들은 말해주지 않으면 독자가 알 길이 없는 정보를 전달해야 할 때가 허다하게 많기 때문이다. 만약 내가 2005년 시카고를 배경으로 이야기를 쓴다면 독자가 때와 장소와 정황에 대해 대체적으로 알고 있다고 가정해도 될 것이다. 내가 힌트를 거의 주지 않아도 독자는 무슨 이야기인지 빈 곳을 채울 수 있다. 하지만 내가 3205년 4-베타 드라코니스를 배경으로 이야기를 쓴다면 독자는 무엇을 예상해야 할지 전혀 알 수 없다. 그 이야기의 세계는 창조되고 스토리 안에서 설명되어야만 한다. 바로 이 점이 SF와 환상 문학이 특히 흥미롭고 아름다운 이유 중 하나다. 작가와 독자가 함께 협력해서 세계를 만들어간다. 이는 까다로운 작업이다.

허술한 장치로 대충 가린 채 강의할 때처럼 정보를 퍼부으면, 예컨대 "오, 선장님, 이 반물질 디시뮬레이터가 어떻게 작동하는지 알려주십시오!"라고 하고선 선장이 끝없이 설명을 하면, SF 작가들이 말하는 소위 '해설 덩어리'가 생긴다. 어느 장르에서든 솜씨 있는 작가들은 해설 덩어리를 만들지 않는다. 정보를 부수고 곱게 갈아서 벽돌을 만들고 그것으로 스토리를 쌓아나간다.

거의 모든 서사문이 설명과 묘사를 어느 정도는 전달한다. 이러한 설명이라는 짐은 SF에서만큼이나 회고록에서도 문제가 될 수 있다. 정보를 이야기의 일부분으로 포함하는 기술은 배울 수 있다. 언제나 그렇듯이, 좋은 해결책은 단순히 거기에 문제가 있음을 인식하는 데서 나온다.

결론적으로 지금 우리는 이야기를 말하는 것처럼 보이지 않으면서도 말하는 법을 다루며, 정보를 보이지 않게 설명하는 법을 연습할 것이다.

첫 번째 연습은 있는 그대로 단순하다.

연습 9-1 :
돌려 말하기

A와 B

이번 연습의 목표는 이야기를 쓰되, 오로지 두 인물의 대화로만 제시하는 것이다.

대화를 쓰면 공백이 많이 생기므로 정확한 분량을 말할 수는 없다. 대략 한두 페이지 정도 순전히 대화만 써보라.

A와 B를 인물의 이름으로 삼고 마치 극본처럼 써보라. 지문은 쓰지 않는다. 인물 묘사도 하지 말라. A의 말과 B의 말 외에는 아무것도 쓰지 않는다. 그들이 누구인지, 어디에 있는지, 무슨 일이 일어나는지 등 독자가 알아야 할 모든 것이 그들의 말을 통해서 나와야 한다.

주제를 제안하자면, 두 인물을 어떤 위기 상황에 놓아보라. 차에 기름이 막 떨어졌다든가, 우주선이 부서지려 한다든가, 의사가 치료 중인 심장마비 환자가 자신의 아버지였다는 사실을 막 깨달았다든가.

• **주의:** 'A와 B'는 단편소설을 쓰는 연습이 아니라, 스토리텔링의 한 가지 요소에 대한 연습이다. 이번 연습글이 결과적으로 꽤 만족스러운 짧은 연극이나 공연 각본이 될 수도 있겠지만, 이러한 기법이 서사문을 쓸 때 많이 혹은 자주 사용되지는 않는다.

• **논평하기:** 만약 글쓰기 모임에 참여하고 있다면 모임 시간에 즉석에서 하기 좋은 연습이다. 그러면 사람들이 글을 쓰면서 꽤 많이 중얼거리는 모습을 보게 될 것이다.

연습글이 다른 사람이 읽기에 충분히 명료하다면, 글을 낭독할 때 글쓴이가 A를 맡고 다른 사람이 B를 맡아서 (속으로 한번 쭉 읽어본 뒤에) 함께 낭독해보면 아주 재미있을 것이다. 만약 그럴 용기가 있다면, 아예 다른 두 사람에게 글을 주고 낭독하게 해보라. 그들이 낭독을 꽤 잘한다면 그들이 어떻게 읽는지 들어보고 고칠 점을 많이 배울 수 있을 것이다. 그들이 더듬거리거나 잘못 강조하는 부분이 있는지, 얼마나 자연스럽게 혹은 연극적으로 들리는지 주의 깊게 살펴보라.

만약 이 연습을 혼자 하고 있다면 반드시 글을 소리 내어 읽어보라. 속삭이지 말고 큰 소리로 읽어라.

연습글에 관해 토론하거나 생각해볼 때, 이러한 장치가 유효한지 고려해볼 수도 있다(이 글은 결국 짧은 희곡이다). 또 다음과 같은 문제들을 생각해보라. 스토리가 명료한가? 독자가 두 인물과 상황에 대해 충분히 알 수 있는가? 정보가 더 필요한가 혹은 덜 필요한가? 사실상 그 인물들에 대해 무엇을 알 수 있는가(가령 그들의 성별을 알 수 있는가)? 인물들에 관해 어떤 느낌이 드는가? A와 B라는 표시가 없어도 두 사람의 목소리를 구분할 수 있는가? 구분할 수 없다면 어떻게 해야 좀 더 차별화되겠는가? 사람들이 실제로 이런 식으로 대화를 하는가?

- **나중에:** 'A와 B'는 '간결하게 쓰기' 연습처럼 언제나 유용한 연습이다. 더 나은 연습거리가 딱히 없다면 언제라도 돌아와서 A와 B를 차에 태우고 네바다주 한가운데에 놓아두든 무엇이든 해보고 두 사람이 무슨 말을 하는지 지켜보라. 하지만 그 결과물은 극본을 쓰려던 것이 아닌 이상 원하는 글이 아니라는 점을 기억하라. 그저 원하는 글의 한 요소가 될 뿐이다. 극본에 쓰인 글은 배우가 형상화하고 재창조한다. 소설에서는 대화를 통해 스토리와 인물에 대해 많이 알려줄 수도 있지만, 그 이야기의 세계와 사람들이 작가에 의해 창조되어야 한다. 형상화되지 않은 목소리들의 대화 외에는 아무것도 없는 소설은 너무 많은 것을 놓친다.

다성성多聲性, polyphony

그럼에도 나는 한동안 목소리에 대해 다루고자 한다.

소설의 멋진 요소인 목소리에서 가장 멋진 점 한 가지는 여러 목소리로 이야기할 수 있는 다성성이다. 소설 속에서는 온갖 부류의 사람들이 생각하고 느끼고 말한다. 이렇게 훌륭한 심리적 다양성은 소설이라는 형태가 가지는 생명력과 아름다움의 일부다.

작가가 이렇게 다양한 목소리를 잘 표현하려면 마치 성대모사를 하듯이 누군가를 흉내 내는 재주가 있어야 할 것처럼 보인다. 하지만 그렇지 않다. 그보다는 진지한 배우가 하듯이 맡은 배역에 몰입해서 그 인물 안으로 들어가는 일에 더 가깝다. 작가는 기꺼이 등장인물들이 되어 그들의 내면에서 어떤 생각과 말이 솟아나는지 지켜본다. 글의 통제권을 자신의 창조물과 기꺼이 공유한다.

작가는 자신의 목소리가 아닌 목소리로 글을 쓰는 연습을 의식적으로 해야 할 필요가 있다. 하지만 이런 방식을 받아들이지 않을 수도 있다.

회고록 작가들은 오직 한 가지 목소리, 즉 자신의 목소리로만 글을 쓴다. 그러나 회고록에 등장하는 모든 사람이 작가가 원하는 대로만 말을 한다면 독자가 듣는 것은 오로지 작가의 말뿐이다. 끝없이 계속되는 납득하기 어려운 독백인 셈이다. 어떤 소설가들도 똑같은 일을 한다. 등장인물들을 대변자로 삼아 작가가 말하거나 듣고 싶은 말을 하게 한다. 그러면 결국 모두가 똑같이 말하는 이야기가 되고 인물들은 작가의 확성기에 지나지 않게 된다.

이러한 경우에 필요한 것은 의식적으로 진지하게 다른 사람들의 목소리를 듣고 사용하고 전달하는 연습이다.

말하지 말라. 대신 다른 사람들이 당신을 통해 말하게 하라.

나는 회고록 작가들에게 이런 연습을 어떻게 할지는 알려줄 수 없다. 실존 인물의 목소리를 듣고 진실하게 재현하는 방법은 모르기 때문이다. 그것은 내가 연습해본 적 없는 기술이다. 나로서는 그런 일에 경외심을 느낄 따름이다. 아마도 회고록 작가가 연습을 시작하는 한 가지 방법으로, 버스나 슈퍼마켓이나 대기실에서 사람들의 대화를 듣고 기억해서 나중에 기록해볼 수 있다. 실제 목소리를 충실하게 써보는 개인적인 연습이 될 것이다.

그렇지만 소설가들에게라면 인물들이 작가를 통해 말하게 할 방법을 일러줄 수 있다. 들어라. 그저 조용히 하고, 들어라. 인물이 말하게 하라. 검열하지 말고, 통제하지 말라. 들어라. 그리고 써라.

이런 작업을 두려워하지 말라. 결국 글을 제어하는 이는 작가다. 등장인물들은 전적으로 작가에게 의존하고 있다. 바로 당신이 그들을 만들었다. 가엾은 허구의 피조물들이 자기 말을 하게 해주어라. 원하면 언제라도 삭제키를 누를 수 있으니까.

연습 9-2:
돌려 말하기

타인이 되어보기

연관된 인물이 적어도 두 명 이상 등장하고 특정한 사건이나 활동이 벌어지는 장면을 서사문으로 써보라(원고지 6~17매).

1인칭 주인공 시점이나 제한적 3인칭 시점을 사용하여, 사건에 연관된 인물 중 한 사람의 시점으로 쓴다. 그 인물이 자신만의 언어로 생각과 느낌을 말하게 하라.

(실제든 허구든) 시점인물은 당신이 싫어하거나 반대하거나 미워하거나 극단적으로 다르다고 느껴지는 사람이어야 한다.

상황은 이웃 간의 말싸움, 친척의 방문, 가게 계산대에서 이상하게 구는 사람 등 무엇이라도 좋다. 다만 시점인물이 그 사람다운 행동을 하며 그 사람답게 생각하는 모습을 보여주어야 한다.

- **쓰기 전에 생각할 거리:** 여기서 '타인' 혹은 '극단적으로 다르다고 느껴지는 사람'은 심리적인 의미로, 자신이 쉽게 공감하거나 동의할 수 없는 사람을 뜻한다.

  자신과 사회적으로 문화적으로 언어적으로 국가적으로 너무 다른 사람은 사실상 등장인물로 활용할 수 없을지도 모른다. 그런 사람들의 내면까지 표현할 수 있을 만큼 그들의 삶에 대해 충분히 알지 못할 것이다. 내가 하고 싶은 조언은 주변에서 너무 멀리 가지 말라는 것이다. 타인은 어디에나 있다.

이런 종류의 심리적 전이를 한 번도 연습해본 적이 없는 작가라면 성별을 바꾸는 것만으로도 어렵고 두려울 수 있다. 다른 성별인 인물의 시점에서 글을 쓰기가 힘들다면 해보라.

젊은 작가들은 대개 나이 든 사람의 시점으로 글을 써본 적이 없다. ('나이 든' 사람이란 30세 이상이면 된다.) 이런 경우라면 지금 써보라.

많은 작가들이, 심지어 나이가 많은 작가들도 가족 관계에 대해 쓸 때면 항상 부모가 아니라 자녀의 입장으로 쓴다. 이런 경우라면 자녀가 아니라 부모 세대의 시점으로 글을 써보라.

글을 쓸 때 항상 특정한 유형의 인물만 등장시킨다면 이번에는 완전히 다른 유형의 인물에 대해서 써보라.

주로 소설을 쓰는 작가라면 이번 연습은 회고록처럼 써볼 수도 있다. 싫어했거나 경멸했거나 매우 낯설게 느꼈던 사람에 대한 기억을 떠올려라. 생각나는 어떤 사건을 그 사람의 시점으로 서술하면서 그 사람이 어떻게 느꼈을지, 무엇을 보았을지, 왜 그런 말을 했을지 추측해보라. 그 사람의 시점에서 당신은 어떠했는가?

주로 회고록을 쓰는 작가라면 이번 연습은 소설로 써볼 수도 있다. 자신과 완전히 다르고 공감할 수 없는 인물을 창조하라. 그 인물의 안으로 들어가 그 사람처럼 생각하고 느껴보라.

- **주의:** 실제 사건에 대해 쓸 생각이라면, 이 연습을 내면에 잠들어 있는 악마를 깨우는 데 사용하지 말라. 이건 심리 치료 과정이 아니다. 그냥 글쓰기 연습일 뿐이다. 비록 이 연습이 글쓰기에서 중요한 측면이고 작가에게 어떤 용기를 요하긴 하지만 말이다.

   또 이번 연습은 미워하는 감정을 담아 풍자적으로 사용할 수도 있다. 시점인물의 진짜 생각이나 감정을 드러내서 그 인물이 얼마나 고약한지 보여주는 것이다. 이는 정당하고 영리한 글쓰기 전략이다. 하지만 그렇게 하면 그 인물에 대한 판단을 보류해야 하는 연습의 취지에 어긋난다. 이번 연습에서 요구하는 바는 '그 사람의 신을 신고 걸어보며' 그 사람의 눈으로 세상을 보는 것이다.

- **논평하기:** 내가 바로 앞에서 말한 제안을 기준으로 삼으라. 독자는 정말로 시점인물의 내면으로 들어갈 수 있었는가? 그 인물이 세상을 보는 방식을 이해할 수 있었는가? 아니면 작가가 시점인물의 내면으로 들어가지 못하고 밖에서 그 인물을 판단하며 독자에게 같은 판단을 내리도록 강요하는가? 글에 악의나 복수심이 있다면 누구의 것인가?

- **또 다른 접근:** 이야기를 하는 목소리에 설득력이 있는가? 거짓처럼 들리거나 진실처럼 들리는 부분이 특별히 있는가? 왜 그렇게 들리는지 토론하거나 생각해볼 수 있는가?

- **이후에 생각할 거리:** 왜 그 사람을 시점인물로 선택했는지 생각해 보라. 그리고 작가로서의 자신에 관해, 자신이 인물을 다루는 방식 에 관해 뭔가 깨달은 점이 있는지 생각해보라. 자신과 매우 다른 목 소리로 글을 또다시 써보고 싶은가?

이제 당분간 목소리에서는 완전히 벗어나보자.

연습 9의 세 번째 파트는 첫 번째 파트와 같지만 반대로 되어 있다. 'A와 B' 연습에서는 목소리 외에는 아무것도 쓸 수 없었고 풍경도 전혀 없었다. 이번 연습에서는 풍경 외에는 아무것도 다룰 수 없다. 여기에는 아무도 없고 겉보기에는 아무 일도 일어나지 않는다.

이 연습을 하기에 앞서 예시문 15, 16, 17을 읽어보기 바란다.

대학 기숙사에 있는 제이콥의 방에 대한 묘사는 어조가 가볍고 그다지 중대해 보이지 않는다. 하지만 책의 제목은 『제이콥의 방』이다. 그리고 작품의 끝에 이르면, 이 짧은 묘사의 마지막 두 문장이 그대로 반복되어 다시 나오는데, 그때는 완전히 다르고 애끓는 울림이 전해져온다. (오, 반복의 힘이여!)

예시문 15

깃털 같은 하얀 달이 하늘을 어두워지게 버려두지 않았다. 밤새도록 녹색 천지에 밤꽃들이 하얗게 피어 있었다. 희미하게 보이는 것은 목초지에 핀 카우 파슬리였다.

그레이트 코트에서 들리는 덜거덕거리는 소리로 미루어, 트리니티 칼리지에서 일하는 웨이터들은 사기 접시를 카드 섞듯 하는 것이 분명하다. 제이콥의 방은 네빌스 코트의 꼭대기 층에 있었다. 그래서 그의 문 앞까지 가려면 숨이 턱에 찼다. 그러나 그는 방에 없었다. 아마 식당에서 식사 중인가 보았다. 네빌스 코트는 자정이 되기 훨씬 전부터 아주 캄캄해질 것이다. 반대편 기둥들과 분수들만이 하얗게 보일 것이다. 엷은 녹지 위의 문이 마치 레이스처럼 보이는 신기한 효과를 낼 터이고. 창 안에서도 접시들의 부딪히는 소리를 들을 수 있었다. 저녁을 먹는 사람들의 윙윙거리는 이야기 소리도 들을 수 있었다. 식당에는 불이 켜져 있었고 앞뒤로 열리는 문이 부드럽게 쿵 소리를 내며 여닫히고 있었다. 늦게 오는 사람들도 있었다.

제이콥의 방에는 둥근 탁자 하나와 낮은 의자 2개가 있었다.

벽난로 위 꽃병에는 노란 깃발들이 꽂혀 있고, 어머니 사진이 하나. 반달 모양이 부조된 것, 문장이 그려진 것, 머리글자들이 새겨져 있는 것 등 사교 모임의 명함들. 쪽지들과 파이프들. 탁자 위에는 붉은 여백에 줄을 쳐놓은—틀림없이 에세이겠지—종이가 놓여 있었다. '역사는 위인들의 전기로 이루어져 있는가?' 책은 꽤 많았다. 프랑스 책은 거의 없었다. 그러나, 그렇다면 누군가의 가치는, 기분이 내킬 때, 무지막지한 열정을 가지고 자신이 좋아하는 것을 읽는 것으로 드러나는 것이다. 예를 들면 웰링턴 공작의 생애, 스피노자, 디킨스의 작품들, 『선녀 여왕』, 책갈피 사이에 비단처럼 눌러놓은 양귀비 꽃잎이 있는 그리스어 사전, 그리고 모든 엘리자베스 시대의 작가들. 그의 실내화는 물가에서 타버린 보트처럼 믿을 수 없이 누추했다. 그러고는 그리스에서 온 사진들, 조슈아 경의 명암이 잘 나타나는 동판화 하나—모두가 아주 영국적이었다. 제인 오스틴의 작품들도 있었다. 아마도 다른 누군가에 대한 경의의 표시로. 칼라일의 작품은 상으로 받은 것이었다.

르네상스 이탈리아 화가들에 대한 책들, 『말 질병에 대한 지침서』, 그러고는 일상적인 교과서들. 빈방의 바람은 무심한 듯 커튼을 부풀리고, 꽃병 속의 꽃들을 움직이게 한다. 아무도 거기 앉지 않았는데도 고리버들 세공 의자의 고리 하나가 삐걱 소리를 낸다.

버지니아 울프,
『제이콥의 방』(솔, 2019)

다음 예시문은 토머스 하디의 『귀향』에 나오는 유명한 첫 부분이다. 첫 챕터에서는 아무 인물도 나오지 않고 '에그돈 히스'라는 장소만 소개한다. 하디의 문체는 우회적이고 느릿느릿하다. 작가가 얼마나 굉장하게 배경을 설명하고 있는지 느끼려면 챕터 전체를 읽어봐야 한다. 그리고 계속해서 작품을 끝까지 다 읽어보면, 몇 년이 지나도 『귀향』에서 가장 선명하게 기억나는 캐릭터는 에그돈 히스일 것이다.

예시문 16

11월의 토요일 오후가 해 질 녘에 가까워지면서, 에그돈 히스Heath(황야)라고 알려진 울타리 없는 광막한 야생의 지대가 시시각각 거뭇하게 물들어갔다. 우묵하고 희끄무레한 구름에 가린 하늘이 황야 전체에 쳐진 천막 같았다.

하늘에는 이다지도 창백한 빛깔의 병풍이 펼쳐지고 땅에는 가장 어두운 초목이 펼쳐졌기에, 하늘과 땅이 만나는 지평선은 또렷하게 두드러졌다. 그런 대조 속에서 황야는 천문학적으로 정해진 시간이 되기도 전에 밤의 첫 자락이 자리를 잡은 모습이었다. 하늘에는 일광이 선명한데도 황야에는 어둠이 완연히 다다라 있었던 것이다. 위만 올려다보면 계속 가시금작화를 꺾을 마음이 들 법하지만, 아래를 보면 꽃다발 만들기를 그만두고 집에 돌아가야겠다고 마음먹을 법했다. 지구와 창공의 머나먼 테두리는 물질적 구분인 만큼이나 시간의 구분으로 보이기도 했다. 황야의 얼굴은 그 안색만으로도 저녁 시각에 30분을 더했으며, 이와 마찬가지로 새벽을 늦추고, 정오에 수심을 드리우고, 거의 발생하지 않았던 폭풍의 찌푸림을 앞당기고, 달 없는 한밤의 불투명함을 더욱 짙게 해서 동요와 불안까지 안겨줄 수 있었다.

사실, 에그돈 황야의 거대하고 특별한 영광은 밤의 어둠으로 굴러가는 이 정확한 전환 시점에서 시작되며, 그런 시간에 여기 있어 본 적이 없는 사람은 이 황야를 이해했다고 할 수 없다. 황야는 분명하게 보이지 않을 때 가장 잘 느껴졌고, 이때부터 새벽이 되기 전까지 그 완전한 효과와 설명이 드러났다. 그때, 오로지 그때만 황야는 우리에게 진짜 이야기를 들려주었다. 그곳은 진실로 밤과 가까운 이야기다. 밤이 모습을 드러낼 때, 황야와 밤이 서로를 끌어당기는 경향이 있음을 어스름과 풍광 속에서 알아볼 수 있었다. 어두컴컴한 구형들과 골짜기들이 솟아오르며 저녁의 어스름과 순수히 교감하며 만나는 듯하고, 황야는 하늘이 재촉하는 대로 어둠을 급속하게 내뿜는 듯했다. 그리하여 공기의 어둠과 땅의 어둠이 검은빛의 우애를 맺으려 서로 가까이 다가가고 있었다.

이때쯤 되자 그곳은 빈틈없이 집중하는 기색이 가득했다. 다른 것들은 내려와 가라앉고 잠들어가는데 황야는 천천히 깨어나 귀를 기울이는 것 같았기 때문이다. 매일 밤 그 타이타닉 같은 형상은 무언가 기다리는 듯했는데, 아주 오랜 세월 움직이지 않고 아주 많은 위기를 거치며, 마지막 단 하나의 위기를 기다리고 있을 것만 같은 느낌이었다—최후의 파멸을.

토머스 하디,
『귀향』(을유문화사, 1988)

다음은 제인 에어가 손필드 저택을 처음 둘러보는 장면이다. 이 방들은 제인과 하녀가 이야기를 나누면서 지나가기 때문에 인물 없이 비어 있지는 않다. 하지만 이 글의 힘은 가구들, 지붕 옥상과 거기서 바라보는 널따랗고 밝은 풍경, 3층의 어두침침한 복도로 갑작스레 돌아왔을 때의 느낌, 그런 뒤 제인에게 들리는 웃음소리에 대한 묘사에서 나온다. "그것은 기묘한 웃음이었다. 또렷하고 음침하고 부자연스러운 목소리였다." (오, 적절한 형용사의 힘이여!)

예시문 17

식당을 나왔을 때 그녀는 저택의 다른 장소도 안내하고 싶다고 제의했다. 나는 그녀 뒤에서 계단을 올라가고 계단을 내려가면서 감탄의 말을 했다. 어디나 잘 정돈되고 훌륭했기 때문이다. 앞쪽으로 면한 큰 방은 특히 훌륭했다. 3층에 있는 몇몇 방은 어둡고 천장이 낮았지만 고색창연한 취향이 흥미를 끌었다. 한때는 아래층 넓은 방에 쓰였던 가구들이 유행이 바뀜에 따라 차츰 이곳으로 옮겨진 것 같았다. 좁은 창으로 스며드는 희미한 빛이 100년이나 된 낡은 침대를 비추고 있었다. 참나무인지 호두나무인지로 된 궤짝에는 종려나무 가지와 천사의 머리가 기묘하게 조각되어 있어 옛날 유대인의 계율 상자(십계명을 새긴 2개의 납작한 돌을 넣은 상자로, 유대인에게는 가장 신성한 것이다-옮긴이)처럼 보였다. 등이 높고 좁은 고풍스러운 의자들이 줄지어 있었는데, 그중에는 더 구식 의자들도 있어서 그 방석에는 이미 관 속의 먼지로 변한 지 두 세대나 되는 사람들의 손으로 만들어진 반쯤 지워진 자수들이 아직 그 흔적을 남기고 있었다. 이런 유물은 모두 손필드 저택의 3층에서 과거의 집, 추억의 성역聖域이라고나 할 수 있는 취향을 나타내고 있었다. 나는 이 숨은 장소의 고요함과 음침하고 기괴함이 낮에는 마음에 들었으나, 폭넓고 묵직한 침대에서 하룻밤 쉬고 싶은 생각은 조금도 없었다. 어떤 방은 참나무 문으로 막혀 있었고 어떤 방은 이국풍의 기묘한 꽃, 기묘한 새, 매우 기묘한 인간의 모습 등을 두툼하게 자수를 한 영국풍의 낡은 현수막으로 가려져 있었다—만일 이런 것들이 모두 파리한 달빛에 비치게 되면 참으로 괴이하게 보이리라.

"하인들은 이 근처 방에서 자나요?" 나는 물었다.

"아니에요, 뒤채에 있는 조그만 방에서들 자지요. 여기선 아무도 자지 않아요. 손필드 저택에 유령이 나온다면 이 근처일 거예요."

"나도 그렇게 생각해요. 그럼 유령은 나오지 않는군요."

"들어본 적이 없어요." 페어팩스 부인은 미소를 지으며 대꾸했다.

"무슨 전설도요? 괴담이나 유령 이야기도요?"

"없어요. 그런데 로체스터 집안 사람들은 생전에 얌전한 혈통이라기보다는 좀 사나운 편이었다는 소문이에요. 따라서 조상들이 이제는 무덤에서 조용히 잠들어 있는 것은 아닐까요?"

"네—'정처 없는 인생의 열병도 사라지고 편안하게 잠들고 있다'(셰익스피어의 「맥베스」 3막에 나오는 말이다—옮긴이)군요." 나는 중얼거렸다. "페어팩스 부인, 이젠 어디로 가세요?" 부인이 걸음을 옮기려 하고 있었기 때문이다.

"지붕 위로요. 올라와서 경치를 구경하시지 않겠어요?" 나는 말없이 부인을 따라갔다. 다락방으로 가는 아주 좁은 층계를 올라 거기서 다시 사다리를 타고 지붕 들창을 지나 지붕 위로 나왔다. 그러자 나는 이제 까마귀 떼와 같은 높이가 되어 그 둥지를 들여다볼 수 있었다. 흉벽에 기대어 멀리 내려다보니 마치 지도처럼 펼쳐진 터가 보였다. 저택의 회색 토대 둘레를 빽빽하게 둘러싼 선명한 푸른 잔디, 공원처럼 넓은 들에는 오래된 나무가 여기저기 서 있었다. 다갈색의 메마른 잎의 숲은 한 줄기의 오솔길로 둘로 나뉘고 그 오솔길은 나뭇잎의 초록색보다도 더 진한 녹색 이끼로 빈틈없이 덮여 있었다. 문 옆에 있는 교회와 길, 느슨한 오르내림을 보이는 언덕, 모두가 가을빛을 받아 조용히 잠들어 있고, 지평선과 경계를 이루고 있는 것은, 진주 빛 하얀 구름이 대리석 모양을 그리고 있는, 좋은 날씨를 예고하고 있는 푸른 하늘이었다. 이 경치 속에는 특징은 없었으나 모든 것에 마음이 편했다. 풍경을 뒤로 하고 다시 들창을 지나자 내려가는 사다리 근처가 거의 보이지 않았다. 다락방은 이제까지 올려다보았던 창공에 비하면 햇볕에 비친 숲의, 저택을 중심으로 한 들의, 푸른 언덕의, 이제까지 가슴 설레며 보고 있었던 이들 경치에 비하면 지하의 무덤처럼 어두웠다.

페어팩스 부인은 지붕 들창을 잠그느라고 잠시 뒤에 처졌다. 나는 손으로 더듬으면서 다락방의 출구를 찾아 좁은 계단을 내려왔다. 3층의 앞쪽과 뒤쪽 방 사이의 긴 복도로 나오자 나는 잠시 거기에서 걸음을 멈추었다. 천장이 낮고 좁은 어두컴컴한 복도에는 저편에 작은 창이 하나 있을 뿐, 좌우로 늘어선 작은 검은 문은 마치 '푸른 수염(여섯 명의 아내를 죽였다는 전설의 주인공을 말한다—옮긴이)'의 성城에 나오는 복도와도 같았다.

조용히 걷고 있는 동안에 이렇게 조용한 곳에서는 들려올 것 같지도 않은 소리, 사람의 웃음소리가 나의 귀에 들렸다. 그것은 기묘한 웃음이었다. 또렷하고 음침하고 부자연스러운 목소리였다. 나는 걸음을 멈추었다. 목소리는 한순간 그쳤다. 그리고 이번에 들린 것은 전보다 높은 목소리였다. 처음 목소리는 분명했으나 매우 낮은 목소리였다. 그 목소리는 조용한 모든 방에서 잠든 메아리를 깨울 것처럼 시끄럽게 울려 퍼졌다가 사라졌다. 그러나 같은 방에서 들려오는지 나는 그 시끄러운 소리가 들려오는 방의 문을 구별할 수가 있었다.

샬럿 브론테,
『제인 에어』(동서문화사, 2016)

++ **더 읽을거리**

여기서 언급한 예시문들은 모두 꽤 직접적으로 설명을 하는데도 이야기가 늦춰지거나 멈추지 않는다. 장면과 설명되는 대상 안에 스토리가 있다. 작가들 사이에는 설명하는 '단락'을 '사건'을 늦출 수밖에 없는 불필요한 장식이라고 여겨 기피하는 경향이 있다. 하지만 풍경 묘사 자체, 그리고 사람들과 그들의 삶의 방식에 대한 방대한 정보 그 자체가 '사건'이 되고 계속 진행되는 이야기의 일부가 될 수 있다. 예를 들어 린다 호건Linda Hogan의『태양 폭풍Solar Storm』, 레슬리 마몬 실코의 『의식』(동아시아, 2004), 에스메랄다 산티아고Esmeralda Santiago

의 회고록『내가 푸에르토리코 사람이었을 때When I Was Puerto Rican』를 읽어보라.

존 르 카레의『파나마의 재봉사The Tailor of Panama』같은 훌륭하고 진지한 스릴러 소설에서도 배경과 정치 문제 등에 관한 정보가 이야기의 일부로 녹아들어 있다. 좋은 추리소설들 역시 정보를 전달하는 데 뛰어나다. 그 예로 도로시 세이어즈의『광고하는 살인』(동안, 2014),『나인 테일러스』(동서문화사, 2003) 등이 있다. J. R. R. 톨킨의『반지의 제왕』같은 환상문학에서는 세계 전체가 창조되고 설명되지만, 생생하고 탄탄한 디테일을 풍성하게 사용하여 읽기 쉽고 즐거우며, 이야기도 끊임없이 앞으로 나아간다. 내 생각에 그 거대한 작품에서 인물이 정확히 어디에 있는지, 날씨가 어떤지 독자가 알지 못하고 지나가는 순간은 없다.

앞서 말했듯이, SF는 방대한 정보를 서사의 일부로 작동하게 하는 데 전문이다. 본다 N. 매킨타이어Vonda N. McIntyre의『달과 해The Moon and the Sun』는 루이 14세의 호화로운 궁정과 기이한 신하들에 관해 어느 역사책보다 더 많이 설명하는데도 여전히 눈부신 스토리다.

좋은 역사책 역시 모두 스토리다. 휴버트 헤링Hubert Herring의『라틴 아메리카Latin America』라는 훌륭한 책을 보면 20개국의 500년 동안의 역사가 얼마나 흥미진진하게 펼쳐지는지 경이

롭다. 스티븐 제이 굴드는 복잡한 과학 정보와 이론을 강력한 서사적 수필에 심어놓는 데 대가다. 회고록은 스토리와 설명을 분리하는 방식이 약간 구식으로 보이는 경우가 자주 있다. 19세기 초의 월터 스콧처럼, 장면을 보여준 다음 거기서 무슨 일이 일어났는지를 이야기하는 것이다. 하지만 메리 오스틴Mary Austin의 『비가 거의 오지 않는 땅Land of Little Rain』, 카렌 블릭센의 『아웃 오브 아프리카』(열린책들, 2009), 윌리엄 헨리 허드슨William Henry Hudson의 『자줏빛 땅The Purple Land』과 같은 깊숙이 '자리한' 회고록들은 장면과 인물과 감정을 풍성하고 이음새 없는 하나의 직물로 엮어낸다. 프레더릭 더글러스, 사라 위네뮤카Sarah Winnemucca, 맥신 홍 킹스턴, 질 커 콘웨이Jill Ker Conway와 같은 작가들의 자서전, 그리고 위니프리드 게린Winifred Gerin의 브론테 자매 전기나 허마이오니 리의 버지니아 울프 전기(『버지니아 울프』(책세상, 2001))와 같은 빼어난 전기문학을 보라. 시대, 장소, 일생의 사건에 관한 방대한 정보를 수월하게 전달하면서도 스토리를 깊고 견고하게 만드는 서사를 보면 어떤 소설가라도 부러워할 만하다. 내가 아는 한, 많은 사람들이 연관된 수년 동안의 이야기를 들려주며 사실적이고 기술적인 복잡한 정보들과 매력적이고 깊이 느껴지는 서사를 함께 엮어낸 최고의 사례는 아마도 리베카 스클루트의 『헨리에타 랙스의 불멸의 삶』(꿈꿀자유, 2023)일 것이다.

연습 9-3:
돌려 말하기

암시

이번 연습에서는 묘사적인 산문을 두 편 쓴다(각각 원고지 6~17매). 둘 다 관여적 작가 시점 혹은 객관적 작가 시점을 사용하라. 시점인물은 없다.

간접적으로 인물 설명하기: 어떤 인물이 거주하거나 자주 방문하는 장소를 묘사함으로써 그 인물을 설명해보라. 방, 집, 정원, 사무실, 작업실, 침대 등 어디라도 좋다. (인물은 그때 그 장소에 존재하지 않는다.)

말하지 않은 사건: 어떤 사건이나 행동이 벌어졌거나 벌어지게 될 장소를 묘사함으로써 그 일의 분위기와 성격을 보여주어라. 방, 옥상, 거리, 공원, 풍경 등 무엇이든 좋다. (그 사건이나 행동 자체는 글에 나타나지 않는다.)

해당 인물이나 사건이 실제 글의 주제이지만 그에 관한 직접적인 언급은 아무것도 하면 안 된다. 이것은 아직 배우가 등장하기 전의 무대와 같다. 연기가 시작되기 전에 먼저 카메라가 돌고 있는 것이다. 그리고 이런 식으로 넌지시 암시하는 기법은 그 어떤 매체보다, 심지어 영화보다도 언어가 더 잘 다룰 수 있다.

원하는 소도구는 뭐든지 사용하라. 가구, 옷, 가재도구, 날씨, 기온, 역사의 한 시기, 식물, 돌, 냄새, 소리 등 무엇이든 좋다. 감상적 오류*를 최대한 활용하라. 인물을 드러내거나 사건을 암시하는 소재 및 디테일에 초점을 맞춘다.

이것이 서사적 장치, 스토리의 일부임을 명심하라. 여기서 묘사하는 모든 것은 이야기를 나아가게 하기 위한 수단이다. 일관되고 통일된 분위기나 느낌으로 단서를 쌓아 올려서, 그 자리에 없는 인물이나 말하지 않은 사건을 독자가 짐작하거나 언뜻 보거나 직감할 수 있도록 한다. 단순히 물건들만 나열해서는 그렇게 할 수 없고 독자도 지루해진다. 반드시 모든 사물이 이야기해야 한다.

이번 연습이 흥미로웠다면 또 해봐도 좋다. 이번에는 작가의 목소리가 아니라 이야기 속 한 인물의 목소리로 장면을 묘사해보라.

- **주의:** 묘사적인 글을 쓸 때, 시각 외에 다른 감각도 사용해보라. 소리는 그 무엇보다 기억이나 감정을 불러일으킨다. 냄새에 관한 어휘는 제한적이기는 해도 특정한 향기나 악취를 언급하면 어떠한 정서를 자아낼 수 있다. 미각과 촉각은 객관적 작가 시점에서는 금지된다. 관여적 작가는 여기저기서 사물이 손에 닿는 느낌은 말해줄 수 있겠지만, 나는 관여적 작가라 하더라도 반짝이는 그릇의 신선하고 맛있어 보이는 과일이나 먼지 쌓인 그릇의 곰팡이투성이 과일을 실제로 먹지는 못하리라고 생각한다. 하지만 이야기 속 등장인물이 스토리를 얘기할 때는 모든 감각을 활용할 수 있다.

연습 9 추가 선택지

해설 덩어리

내 워크숍에 참여했던 사람들은 (어떤 작가라도 그랬겠지만) '해설 덩어리'라는 개념에 흥미를 보였고 특별히 그것에 초점을 맞춘 연습을 하고 싶어 했다. 내가 그런 연습거리는 딱히 떠오르지 않는다고 했더니, 그들이 말했다. "저희가 서사문으로 쓸 수 있는 정보들을 만들어주시면 돼요." 이건 매우 반가운 발상이다. 나는 그런 정보를 창조했고 나머지 힘겨운 일은 모두 글을 쓰는 이가 해내야 한다.

현실 세계에 관해서는 대략적인 지식뿐이어서 환상문학 주제를 제시하겠다. 두려워하지 말라. 그냥 연습일 뿐이다. 연습을 한 뒤에 즉시 그리고 영원히 현실 세계로 돌아가도 된다.

선택지 1. 환상세계 설명하기

다음에 나올 가상의 역사와 만들어낸 정보를 익숙해질 때까지 공부하라. 그런 다음 스토리나 장면의 기초로 사용하라. 장면을 쓸 때, 정보를 잘게 부수어 '퇴비'로 만들고 대화에든 사건 서술에든 할 수 있는 어디에든 알아채지 못하게 뿌려라. 덩어리가 느껴지지 않아야 한다. 암시나 지나가는 언급, 힌트 등 원하는 어떠한 수단을 사용해도 좋다. 다만 독자가 뭔가 학습하고 있다는 사실을 깨닫지 못해야 한다. 그러면서도 독자가 다음 글의 왕비가 처한 상황을 완전히 이해할 수 있도록 정보를 충분히 전달해야 한다. 글의 분량은 아마 두세 페이지나 그 이상으로 길어야 할 것이다.

하라스 왕국은 한때 여왕이 다스린 적도 있었지만, 지난 한 세기 동안에는 왕만 있었을 뿐 여왕은 허락되지 않았다. 20년 전, 젊은 펠 왕은 접경 지역에서 마법사인 엔네디인들과 전투를 벌이다 사라졌다. 하라스인들은 전혀 마법을 쓰지 않았다. 그들의 종교는 마법이 아홉 여신들의 의지에 반하는 일이라고 선언했기 때문이다.

펠 왕이 어떻게 되었는지는 알려져 있지 않다. 왕비는 남아 있었지만 알려진 후계자는 없었다. 왕비의 후견인인 쥬사 경이 다른 왕위 계승자들을 모두 물리쳤지만 이 왕위 다툼으로 왕국은 가난하고 혼란스러워졌다.

이야기로 써야 할 시기의 상황은 다음과 같다. 엔네디인들이 다시 동쪽 국경을 쳐들어오려고 위협하고 있다. 왕비는 40세의 여성으로, 쥬사 경이 그녀를 보호한다는 명목으로 멀리 떨어진 탑에 감금해놓았다. 사실 쥬사는 왕비를 두려워하고 있으며, 왕비가 궁에 있었을 때 베일에 싸인 인물이 그녀를 은밀히 방문했다는 소문을 듣고 불안해하고 있다. 소문의 인물은 왕비의 사생아라고 하는 반역 세력의 지도자일 수도 있고, 펠 왕일 수도 있고, 엔네디의 마법사일 수도 있고, 아니면…

이러한 설정에서 이야기를 시작해보라. 이야기 전체를 쓸 필요는 없고 그저 이 정보를 바탕으로 하여 한두 장면만 쓰면 된다. 위의 설정을 읽지 않은 독자가 상황을 이해할 수 있도록 정보를 충분히 전달해야 한다. 왕비가 갇혀 있는 탑에서 시작해보면 좋을 것이다. 시점은 무엇이든 원하는 대로 사용하라. 왕비의 이름부터 생각해보라.

선택지 2. 현실 세계 설명하기

이 연습은 회고록 작가를 염두에 두고 만들었다. 실제 경험을 다루는 연습이기 때문에 소재는 제공할 수 없다. 이미 하는 법을 알고 있으며, 특정한 행동들이 복잡하게 연속되는 어떠한 일을 떠올려보라. 예를 들어 빵이나 액세서리 만들기, 헛간 짓기, 의상 디자인, 블랙잭이나 폴로 게임 하는 법, 보트 조종, 엔진 수리, 회의 준비, 부러진 손목뼈 접합, 활자 조판 등등. 누구나 알 법한 일이 아니라서 독자 대부분이 절차에 대한 설명을 원하는 활동이어야 한다.

혹시 아무것도 떠오르지 않는다면 백과사전에서 그러한 활동을 찾아보라. 평소에 늘 궁금했던 것들을 찾아볼 수도 있겠다. 예를 들어 수작업으로 종이 만드는 법, 책을 제본하는 법, 말에 편자를 박는 법 등등. 감각적인 디테일을 더해서 설명을 생생하게 하려면 상상력을 동원해야 한다. (산업 공정은 대부분 너무 복잡해서 이런 식으로 공부해서 설명하기는 힘들다. 하지만 이미 알고 있는 지식이 한 가지 있다면 훌륭한 주제가 된다.)

적어도 두 사람 이상이 등장하는 장면을 쓰면서, 앞서 정한 활동이 대화의 배경으로든 사건의 중심으로든 진행되도록 한다. 활동에 대한 설명은 분명하고 구체적이어야 한다. 은어는 피하라. 하지만 활동에 고유한 전문용어가 있다면 써도 된다. 독자가 그 활동의 여러 단계들을 명확히 알 수 있도록 하되, 그것이 작품의 전부로 보이지는 않아야 한다.

10장

메우기와
건너뛰기

우리가 바닥짐을 버린다면
거기에 곧바로 도착할 거예요.

이 책에 실린 연습들을 처음으로 시도했던 워크숍에서 나는 전에
는 생각하지 못했던 서사적 테크닉의 한 부분을 고민하기 시작했
다. 그것은 이야기에 무엇을 포함시키고 무엇을 생략하는가 하는
문제였다. 이는 디테일과 관련이 있으며 초점과도 관련이 있었다.
특히 문장의 초점, 단락의 초점, 작품 전체의 초점 말이다. 나는 이
것을 '메우기와 건너뛰기'라고 부르는데, 그 과정을 물리적인 방식
으로 설명하는 표현이라 마음에 든다.

　'메우기'란 존 키츠가 시인들에게 "모든 틈에 돌을 채워 넣으
라"고 조언했을 때 의미한 바와 같다. 그리고 우리가 무기력한 언

어와 클리셰를 피하고, 적절한 두 단어면 될 말을 모호한 열 단어로 표현하지 않고, 늘 생생한 표현과 정확한 단어를 찾으려 노력할 때 하는 것을 의미한다. 또한 나에게 메우기란 이야기를 가득 채우는 것도 의미한다. 언제나 이야기를 그 안에서 벌어지는 일로 꽉꽉 채우라. 이야기가 계속 움직이도록 하고, 늘어지거나 엉뚱한 곳을 배회하지 않도록 하라. 이야기의 부분들이 앞뒤로 풍성하게 영향을 주고받으며 서로 긴밀하게 연관되도록 하라. 생생하다, 빈틈없다, 구체적이다, 정확하다, 밀도 있다, 다채롭다, 이런 표현들은 감각과 의미와 암시로 가득 메워진 산문을 묘사하는 말이다.

그렇지만 '건너뛰기' 역시 중요하다. 건너뛴다는 것은 생략한다는 의미다. 그리고 생략한 것은 남겨진 것보다 무한히 많다. 여백이 있어야 글씨를 볼 수 있고 고요함이 있어야 소리를 들을 수 있다. 단어 나열은 서술이 아니다. 연관된 단어만 포함해야 한다. 어떤 이들은 디테일에 신이 있다고 하고, 어떤 이들은 디테일에 악마가 있다고 한다. 둘 다 맞는다.

서술에 모든 것을 다 집어넣으려고 하면 보르헤스의 단편소설 「기억의 천재 푸네스」(『픽션들』, 민음사, 2011)의 불쌍한 푸네스처럼 되고 말 것이다. (「기억의 천재 푸네스」를 아직 읽어보지 않았다면 진심으로 추천한다.) 지나치게 메워진 서술은 이야기를 꽉 막히게 해서 스스로를 질식시킨다. (낱말들로 숨이 막혀 죽는 소설의 예로는 귀스타브 플로베르의 『살람보』(지식을만드는지식, 2016)가 있다. 플로베르는 꽉 메운 글쓰기의 대표적인 사례로 자리 잡았으며 그의 '딱 맞는 말mot juste'*은 마치 암구호처럼 되어버렸다. 이 불쌍한 작가가 온통 '딱 맞는 말'로 이루어진 모래 구덩이에 빠져 들어가는 모습을 지켜보면 유익할 것이다.)

전략적으로 말하자면, 초고를 쓸 때는 서슴없이 꽉 메워보라고 말하고 싶다. 모든 것을 이러쿵저러쿵 이야기하며 뭐든 다 집어넣어라. 그러고는 퇴고 단계에서 어떤 부분이 스토리를 단순히 길게 늘이거나 반복하거나 늦추거나 방해하는지 고려하고 잘라내라. 이야기를 말하는 부분과 중요한 부분을 판단하고, 중요한 것만 남을 때까지 자르고 연결하기를 반복하라. 대담하게 건너뛰어라.

액션물 작가들은 메우기는 잘하지만 충분히 빨리 혹은 충분히 멀리 건너뛰는 데는 실패하는 경우가 종종 있다. 주먹다짐이나 전투나 스포츠 경기를 너무 상세하게 묘사하려다가 단지 혼란이나 지루함만 만들어내고 마는 글을 읽어본 적 있을 것이다. 액션이 너무 많은 경우도 단조로움이 내재한다. 주인공이 기사 한 명의 목을 베고 또 다른 기사의 목을 베고 또 다른 기사의 목을 베는 장면처럼 말이다. 단순한 폭력은 흥미롭지 않다.

액션 글쓰기의 훌륭한 예로는 패트릭 오브라이언의 오브리-머투린 시리즈에 나오는 해상 전투 장면 중 어느 것이든 읽어보라. 독자가 알아야 할 정보가 모두 포함되어 있지만 그 이상의 정보는 전혀 없다. 매 순간 우리는 정확히 어디에 있고 무슨 일이 일어나고 있는지 알 수 있다. 모든 디테일이 장면을 풍요롭게 하는 동시에 액션의 속도를 끌어낸다. 언어가 투명하다. 감각적인 디테일은 강렬하고 짧고 정확하다. 그리고 끝날 때까지 책을 놓을 수가 없게 된다.

정말로 솜씨 있는 작가가 얼마 안 되는 단어들로 얼마나 긴 이야기를 풀어내는지 보면 놀랍다. 예시문 18에서 버지니아 울프가 들려주는 플로이드 씨의 일생을 보라. (학교 교사인 플로이드 씨는 플랜더스 부인보다 여덟 살 어리며 그녀에게 청혼했었다. 플랜더스 부인은 과부이며 아처, 제이콥, 존이라는 아들이 있다.)

예시문 18

"내가 어떻게 결혼을 생각한단 말이야!" 그녀는 과수원 문을 철삿줄로 묶으면서 스스로에게 씁쓸히 말했다. 그날 밤, 아이들이 자러 갔을 때 플로이드 씨의 외모를 생각하면서 항상 빨강 머리 남자들을 좋아하지 않았다는 생각을 했다. 그러고는 일감을 밀어놓고 압지를 그녀 쪽으로 당겨 플로이드 씨의 편지를 다시 읽었다. '사랑'이라는 단어에 이르자 가슴이 오르락내리락했지만, 이번에는 그렇게 빠르지는 않았다. 조니가 거위를 쫓아다니는 걸 보면서 그녀보다 훨씬 젊은 데다 좋은 사람이고 게다가 그런 학자이기도 한 플로이드 씨가 아니더라도 어느 누구와도 결혼은 불가능하다는 사실을 알았던 것이다.

'친애하는 플로이드 씨,' 그녀는 썼다―'치즈에 대해 말하는 걸 잊어버렸던가?' 펜을 내려놓으면서 그녀는 생각했다. 아니야. 치즈가 현관에 있다고 리베카에게 말했었지. '저는 정말 놀랐어요…' 그녀는 썼다.

그러나 플로이드 씨가 다음 날 아침 일찍 일어나 책상 위에 놓여 있는 편지를 봤을 때 그 편지는 '저는 정말 놀랐어요…'로 시작되는 것이 아니었다. 그것은 너무도 어머니 같고, 정중하고, 논리적 일관성이 없는 유감스럽다는 내용으로, 그는 그 편지를 몇 년 동안 보관했다. 앤도버의 윔부시 양과 결혼을 한 뒤에도, 그 고장을 떠난 한참 뒤에도 그랬다. 그는 셰필드의 교구를 청했고 받아들여졌다. 그리고 아처와 제이콥, 존에게 작별 인사를 하라는 전갈을 보내고 아이들에게 그의 서재에서 무엇이든 기념이 될 것을 골라 가지라고 말했다.

아처는 너무 좋은 것을 골라 갖는 게 좋지 않다고 생각해서 종이 자르는 칼을 골랐다. 제이콥은 한 권으로 된 바이런의 작품을 택했다. 제대로 된 선택을 하기에는 너무 어린 존은 플로이드 씨의 새끼 고양이를 골랐다. 형들은 웃기는 선택이라고 생각했지만 플로이드 씨는 존을 높이 들어 올리고 "너하고 똑같이 털이 났지"라고 말했다. 그리고 나서 해군 근위대(아처가 들어갈 것인)에 대해 이야기했고 럭비학교(제이콥이 갈)에 대해서도 이야기했다. 다음 날 그는 편지가 올려진 은쟁반을 받았고 처음에는 셰필드로 가서 그곳에서 삼

촌을 보러와 있던 웜부시 양을 만나 해크니로 갔다가 다음에는 담임 목사가 되었던 메어스필드 하우스로 갔으며 그리고 마지막으로 잘 알려진 연재물인 '성직자의 전기' 편집자가 되었다. 그는 아내와 딸과 함께 햄스테드로 은퇴했으며 렉 오브 무톤 폰드에서 가끔 오리에게 먹이를 주는 모습이 목격되었다. 플랜더스 부인이 보낸 편지로 말할 것 같으면—얼마 전 그가 그 편지를 찾다가 못 찾았을 때 아내에게 치웠는지 물어보고 싶지는 않았다. 최근에 피커딜리에서 제이콥을 만났을 때 그는 금방 그를 알아보았다. 그러나 플로이드 씨는 제이콥이 너무도 훌륭한 젊은이로 자라 있어서 길거리에서 그를 불러 세우고 싶지 않았다.

"세상에." 플랜더스 부인은 앤드루 플로이드 목사 등 여러 목사들이 메어스필드 하우스의 주임 목사를 지냈다는 『스카보로 앤드 해로게이트 통신』을 읽으면서 "그 사람이 우리가 아는 바로 그 플로이드 씨가 틀림없어"라고 말했다.

식탁 위에 가볍게 우울함이 내려앉았다. 제이콥이 잼을 바르고 있었다. 우편 배달부는 리베카와 부엌에서 이야기를 하고 있었다. 열린 창문 옆에서 나붓거리고 있는 노란 꽃에 벌 한 마리가 잉잉거리고 있었다. 가엾은 플로이드 씨가 메어스필드 하우스의 주임 목사가 되는 사이, 말하자면 그들 모두는 살아 있었다.

플랜더스 부인은 일어나 벽난로 난로망 쪽으로 가서 토파즈 귀 뒤의 목덜미를 어루만졌다.

"가엾은 토파즈." 그녀가 말했다. (플로이드 씨의 새끼 고양이는 이제 아주 늙은 고양이가 되었고 귀 뒤에 작은 옴이 생겨서 얼마 안 있다 죽여야 할 형편이었다.)

"가엾은 늙은 토파즈." 플랜더스 부인이 말했다. 고양이가 햇빛에 몸을 쭉 뻗치자, 부인은 어떻게 고양이를 거세시켰는지, 또 붉은 머리카락의 남자를 얼마나 싫어했는지를 생각하며 미소를 지었다. 미소를 띤 채로 그녀는 부엌으로 들어갔다.

제이콥이 꽤 지저분한 손수건을 꺼내 얼굴을 문질렀다. 그는 2층에 있는 자기 방으로 올라갔다.

버지니아 울프,
『제이콥의 방』(솔, 2019)

자, 이 글에서 가장 감탄스럽고도 중요한 점은 플로이드 씨의 일생을 매우 빠르게 훑는 이 한 단락짜리 전기가 사실상 전혀 플로이드 씨에 관한 내용이 아니라는 것이다. 그 단락의 목적은 오로지 이 작품 제목의 테마이기도 한 제이콥을, 제이콥의 세상을, 그리고 작품을 시작하고 끝맺는 제이콥의 어머니를 조명하기 위한 것이다. 이 대목은 경쾌해 보이고 실제로도 그렇다. 그리고 주제에서 벗어난 듯 엉뚱해 보인다. 사실 『제이콥의 방』의 수많은 부분들이 그렇게 보인다. 하지만 그 어떤 부분도 실제로 그렇지 않다. 울프는 설명을 생략하고 각 부분이 스스로 연결되도록 둔다. 메우기와 건너뛰기 모두를 감탄스러울 정도로 극명하게 잘 보여주는 예시다. 이 작품은 단번에 몇 년을 건너뛰고 주인공 인생의 많은 부분을 생략한다. 제이콥은 거의 시점인물이 되지 않지만 독자는 제이콥과의 연관성이 함축되어 있는 많은 사람들의 선명한 마음으로 들어가게 된다. 플롯은 없고, 구조는 겉보기에 무작위적인 일별이나 삽화만 계속 나열하는 듯이 보인다. 그런데도 작품은 첫마디에서부터 놀라운 결말에 이르기까지, 여느 그리스 비극만큼이나 확실하고 꾸준히 움직여나간다. 울프가 무엇에 대해 이야기하든지 초점은 항상 제이콥이다. 결코 중심에서 벗어나지 않는다. 작품 안의 모든 것이 들려주어야 할 이야기에 기여한다.

이러한 '역설적 초점'을 연습하는 것이 연습 9의 세 번째 파트인 '암시'와 추가 선택지 '해설 덩어리'가 가진 목적의 일부이기도 하다.

스토리에 관한 논의

나는 '스토리'를 다음과 같이 정의한다. (외부적으로든 심리적으로든) 일어난 일들을 서술한 서사. 단, 이 서사는 시간을 따라 움직이거나 시간의 흐름을 암시하며 변화를 수반한다.

나는 '플롯'을 다음과 같이 정의한다. 스토리의 한 가지 유형으로, (일반적으로 갈등을 통해) 사건을 주요 형식으로 삼으며, (일반적으로 인과관계의 연쇄를 통해) 한 사건을 다른 사건과 밀접하고 복잡하게 얽고 클라이맥스에서 끝난다.

클라이맥스는 여러 종류의 즐거움 중 하나이고, 플롯은 여러 종류의 스토리 중 하나다. 강력하고 균형 잡힌 플롯은 그 자체로 즐겁다. 대대손손 사용할 수 있다. 또한 초보 작가에게는 매우 귀중한 서사 형식을 제공한다.

하지만 가장 진지한 현대 소설들은 플롯으로 환원될 수 없거나, 치명적인 손해를 감수하지 않는 한 작품 자체의 언어 외에 다른 방식으로 바꾸어 말할 수 없다. 스토리는 플롯에 있지 않고 말하기에 있다. 움직이는 것은 말하기다.

모더니즘에 입각한 작법서는 종종 스토리를 갈등과 동일한 것으로 치부한다. 이런 지나친 단순화는 공격과 경쟁을 과장하고 다른 식의 행동 선택지에 대해서는 알지 못하도록 조장하는 문화를 반영한다. 복잡한 서사는 한 가지 요소를 기반으로 하거나 한 가지 요소로 환원될 수 없다. 갈등은 여러 종류의 행동 중 하나다. 인간의 삶에는 갈등만큼 중요한 다른 행동들, 가령 어울림, 발견, 상실, 인내, 깨달음, 이별, 변화 등도 있다.

변화는 이러한 모든 스토리의 원천들이 가진 보편적인 측면이다. 스토리는 무언가 움직이고, 무언가 일어나고, 무언가 혹은 누군가가 변하는 것이다.

스토리를 말하기 위해 엄격한 구조의 플롯이 필요하지는 않지만 초점은 정말로 필요하다. 무엇에 관한 스토리인가? 누구에 관한 스토리인가? 초점은 명시적이든 암시적이든 스토리의 모든 사건, 인물, 발언, 행동이 애초부터 혹은 최종적으로 가리키는 중심이다. 이는 사물이나 사람이나 개념일 수 있으며, 단순하거나 한 가지일 수도 있지만 그렇지 않을 수도 있다. 우리는 초점을 정의할 수 없을지도 모른다. 주제가 복잡하다면 그 이야기에 쓰인 모든 말 외에 다른 말로는 표현하지 못할 수도 있다. 하지만 초점은 거기에 있다.

그리고 스토리에는 질 페이턴 월시가 말한 '궤도trajectory' 또한 필요하다. 따라가야 할 개요나 줄거리는 필수적이지 않지만, 따라갈 움직임은 필수적이다. 움직임의 형태가 일직선이든 우회적이든 순환적이든 편심적이든 간에, 움직임은 결코 멈추지 않는다. 어떤 단락도 궤도에서 전적으로 혹은 오랫동안 떠나지 않고, 모든 단락이 어떤 방식으로든 궤도에 기여한다. 궤도는 스토리의 총체적인 형태다. 이는 언제나 끝을 향해 움직여가고, 그 끝은 시작에 암시되어 있다.

메우기와 건너뛰기는 초점 그리고 궤도와 관련이 있어야 한다. 스토리를 감각적으로, 지적으로, 정서적으로 풍성하게 만들기 위해 메워 넣은 모든 것은 초점에 맞아야 한다. 즉, 스토리의 중심적인 초점의 일부가 되어야 한다. 그리고 모든 건너뛰기는 궤도를 벗어나지 않고 작품 전체의 형태와 움직임을 따라가야 한다.

나는 스토리텔링에서 이렇게 방대한 고려사항을 다루기 위한 연습을 딱히 떠올릴 수가 없었다. 하지만 우리 모두에게 유익한 마지막 연습이 한 가지 있다. 그다지 즐거운 연습은 아닐 테니, 나는 그 연습을 이렇게 부르고자 한다.

연습 10:
끔찍한 작업

이 책의 연습을 통해 썼던 글 중에서 원고지 10매 이상으로 긴 글을 아무거나 택한 뒤 분량을 반으로 줄여보라.

연습글 중에 적합한 글이 없다면 여태껏 쓴 모든 서사문 중에서 원고지 10~28매 정도의 글을 골라라. 그리고 이 끔찍한 작업을 해보라.

여기저기를 조금씩 잘라내거나 가지치기하듯 쳐내라는 뜻이 아니다. 물론 그런 일도 이번 연습의 일부이기는 하다. 하지만 여기서 의도하는 바는 글의 단어 수를 절반으로 줄이되 명확한 서사와 생생한 감각적 효과를 유지하고, 구체적인 사항을 일반론으로 바꾸지 않고, '어쩐지'라는 단어를 절대 사용하지 말라는 것이다.

만약 글에 대화가 있다면 긴 발언이나 대화 역시 무자비하게 반으로 줄여보라.

이런 식으로 글을 줄여보는 일은 가장 전문적인 작가들도 한 번쯤은 해야 할 연습이다. 단지 그 이유 때문이라도 이것은 좋은 연습이다. 그러나 또한 실질적인 자기 훈련의 장이 되며 깨달음을 준다. 글을 줄이려면 단어들의 무게를 잴 수밖에 없고 그러면 그중에 어떤 것이 스티로폼이고 어떤 것이 묵직한 금인지 찾아낼 수 있다. 글을 가혹하게 줄이다 보면 문체가 강화되고 메우기와 건너뛰기를 둘 다 소화할 수 있게 된다.

원래 말을 아끼는 편이거나 글을 쓰는 과정에서 줄일 수 있을 정도로 현명하고 숙련된 작가가 아닌 한, 퇴고에는 중복되는 말이나 불필요한 설명을 잘라내는 일이 거의 항상 수반될 것이다. 퇴고할 때, 빼야 한다면 뺄 수 있는 것이 무엇인지 생각하는 시간을 의식적으로 가지라.

그러다 보면 마음에 들거나 가장 아름답고 훌륭한 문장이나 단락을 지워야 하는 경우도 생길 것이다. 이런 부분을 잘라내면서 흐느끼거나 신음해도 괜찮다.

안톤 체호프는 퇴고하는 법에 관해 이렇게 조언했다. "우선, 처음 세 페이지를 버려라." 나는 젊은 작가였던 시절, 단편소설에 정통한 이가 있다면 바로 체호프이리라 생각했으므로 그의 조언을 받아들이려 노력했다. 체호프가 틀렸기를 정말 바랐지만 당연히 그가 옳았다. 물론 이 방침은 글의 길이에 따라 달라진다. 글이 아주 짧다면 처음 세 단락만 버릴 수도 있다. 하지만 체호프의 면도

날이 적용되지 않는 초고란 거의 없다. 우리는 모두 이야기를 시작할 때 제자리를 맴돌며 많은 것을 설명하고, 설정할 필요 없는 것을 설정하는 경향이 있다. 그런 후에야 길을 찾고 나아가며 비로소 이야기가 시작된다. 그리고 이 시점은 매우 자주 3페이지부터다.

퇴고의 대략적인 규칙을 제시해보자면 다음과 같다. 글의 첫머리를 삭제할 수 있다면 삭제하라. 그리고 어떤 식으로든 튀어나와 있거나 주요 궤도에서 이탈한 단락이 있다면 뺄 수 있는 한 빼라. 그런 후에 이야기가 어떻게 보이는지 살펴보라. 잘라내면 틀림없이 끔찍한 구멍이 남으리라고 생각했던 부분이 의외로 매끄럽게 합쳐질 때가 많다. 마치 이야기가, 글 자체가 이루고자 하는 형태가 이미 있어서 작가가 장황함을 걷어내기만 하면 그 형태가 드러나는 듯하다.

부두에서 손을 흔들며 전하는 작별 인사

어떤 사람들은 예술을 제어의 문제로 본다. 나는 예술이 대개 '자기' 제어의 문제라고 생각한다. 마치 이런 것이다. 내 안에는 말해지기를 바라는 이야기가 있다. 그것이 나의 목적이라면 나는 그 수단이다. 내가 나 자신을, 자아를, 바람과 견해를, 정신적인 잡동사니를 치운다면, 그리고 이야기의 초점을 찾고 이야기의 움직임을 따른다면 이야기는 스스로 말할 것이다.

내가 이 책에서 말한 모든 것은 이야기가 스스로 말할 수 있도록 놔두기 위한 준비사항이다. 기술을 갖추고 기법을 익힌다면 마법의 배가 왔을 때 거기에 올라타서 배가 가고 싶어 하고 또 가야만 하는 곳으로 이끌 수 있을 것이다.

부록1

합평회에 관해

글쓰기 워크숍은 '창의적 글쓰기' 수업을 바꾸어놓았다. 대개 효과가 없던 일방적인 수업은 보다 효과적인 상호학습의 원칙을 바탕으로 한 실질적인 테크닉으로 대체되었다.

다시 말해 이러한 워크숍은 규칙을 따를 때 효과적이다. 자유로운 영혼들은 협력을 위해 스스로를 제어하는 일을 자신의 재능을 가로막는 견딜 수 없는 한계처럼 느낄 수 있다. 이런 이들은 워크숍에서 얻을 것이 없다. 내가 스무 살이나 스물두 살이었을 때 글쓰기 워크숍이 있었다면 모임의 규칙을 기꺼이 받아들였을지 궁금하다. 그때는 그런 것이 없었다. 리더가 있든 합평회* 형식이든 상관없이 글쓰기 워크숍은 내가 성인이 되고 한참 후에 생겨났다. 하지만 문자 메시지나 케일칩처럼 내가 관심이 없는 많은 것들도 그렇다.

온라인 워크숍은 어떤 이유에서건 다른 작가들과 직접 만나는 자리에 정기적으로 혹은 전혀 나갈 수 없는 작가들에게 귀중한 기회를 제공한다. 온라인 모임을 만들거나 이미 있는 모임에 들어가는 것은 고립되거나 두문불출하지만 다른 작가들과 글을 공유하고 함께 비평하며 대화를 나누길 바라는 이들에게 아주 좋은 일이 될 수 있다. 나는 강사와 구성원으로서 오프라인 워크숍에만 참석해봤을 뿐이지만 내가 오프라인 모임에서 일반적으로 관찰하고 권고하는 사항들이 약간의 수정을 거쳐, 온라인으로 모임을 하는 과정에도 적용되기를 바란다.

구성원

합평회 형식의 워크숍에 가장 적당한 인원수는 6~7명에서 10~11명 사이이다. 6명 이하의 모임인 경우, 다양한 의견이 나오기 힘들고 실제로 참석하는 인원은 2~3명뿐일 때가 많을 것이다. 12명 이상의 모임인 경우, 매달 준비하며 읽어야 할 글이 많고 모임 시간도 너무 길어진다. 모임은 대개 한 달에 한 번 만나는 것으로 하고, 일정을 한참 전에 미리 정한다.

합평회는 구성원 모두의 실력이 비슷한 수준일 때 가장 효과적이다. 수준이 천차만별인 경우도 괜찮을 수 있고 심지어 귀한 경험이 될 수 있다. 그러나 열심히 하지 않고 그저 재미로 글을 쓰는 사람들이 있으면 진지하게 글쓰기에 임하는 구성원들은 점점 의욕이 꺾일 수 있으며, 반대로 적당히 하는 사람들은 진지한 사람들 때문에 지루해질 수 있다. 숙련된 작가들은 초보 작가의 글을 논평해야 하는 일이 착취처럼 느껴질지도 모르고, 반대로 초보 작가들은 숙련된 작가들에게 기가 죽거나 중압감을 느낄지도 모른다. 구두법, 문장 구조, 심지어 맞춤법에 이르기까지 문어체에 대한 기본 지식에서 크게 차이가 나면 이러한 구성원들 사이의 격차는 몹시 불편해질 수 있다. 그렇지만 수준이 다양한 사람들이 모여 있더라도 전혀 불편을 겪지 않는 모임들도 있다. 신뢰할 수 있는 적절한 사람들을 찾는 것이 중요하다.

합평작

모임 구성원들에게 원고를 보내는 일은 한때는 종이와 우표, 시간 등이 소요되는 과정이었지만 이제는 보내기 버튼만 클릭하면 되는 문제다. 오프라인 모임에서는 원고를 모두에게 적어도 모임 일주일 전에 보내야 한다. 그래야 구성원들이 글을 읽고 생각하고 주석을 달 수 있다. 늦게 도착한 원고는 다음 모임으로 논평이 미루어진다. 온라인 모임에서는 원고를 보내면 언제든 논평을 시작하고 계속해서 메일을 주고받으며 의견을 교환할지, 혹은 짬을 내어 글을 읽고 논평하고 또한 자신의 글을 쓰는 구성원을 배려해서 정해진 시간 동안만 토론을 할지 결정해야 한다.

한 번의 모임에서 다루는 원고의 길이는 구성원들이 서로 합의해서 정해놓기를 바란다. 적당하다고 생각되는 길이를 찾으면 확실하게 고수하라. 페이지가 아니라 단어 수를 기준으로 하는 것이 좋다. 말이 많은 작가는 글씨 크기와 줄 간격을 줄이는 꼼수를 사용하여 한 페이지에 500단어는 욱여넣을 수 있기 때문이다.

직접 대면하는 모임에서 모두가 듣기를 원한다면 합평하기 전에 원고의 일부를 낭독해도 얼마든지 괜찮다. 작가의 목소리가 작품을 어떻게 '설명'하는지 들으면 즐거울 때가 종종 있다. 시를 쓰는 워크숍에서는 낭독이 기본 절차다. 하지만 서사 산문을 위한 모임에서는 낭독이 시간을 너무 많이 지체할 수 있다. 낭독은 결국 공연이라서 결점과 불명확한 부분들이 은폐될 수 있고, 너무 빨리 흘러가서 듣는 이들이 합평에 쓸 만한 메모를 하기가 어렵다. 그리고 무엇보다 서사 산문은 대개 낭독을 위한 글이 아니다. 서사 산문은 글을 출판할지 말지 결정하는 편집자에게, 그리고 만약 출판된다면 모든 독자에게도 오직 지면을 통해서만 스스로를 설명하고 대변하고 '들리도록' 해야 한다. (그런 후에 출판이 성공적이라면 오디오북으로 나올 수도 있다.) 작가가 진지하게 쓴 글이라면 독자 역시 홀로 조용히 진지하게 읽고 숙고해야 마땅하다. 나는 이렇게 느리고 조용하고 사려 깊은 읽기가 구성원들이 합평작에 바칠 수 있는 최고의 경의라고 생각한다.

합평작 읽기

모두가 글을 쓰고 모두가 읽는다. 이것이 모임의 흥망이 달려 있는 기본적인 합의사항이다. 모임의 일원으로서 다른 구성원들의 작품을 읽는 일은 자신의 글을 쓰고 제출하는 일만큼이나 중요하다. 합평작을 성의 없이 읽거나 늦게 읽거나 전혀 읽지 않는 것은 아주 가끔 예외적으로만 용납된다.

자잘한 흠, 맞춤법 및 문법 교정, 간단한 질문들은 원고 위에 바로 적어서 작가에게 주면 작가가 나중에 여유 있게 살펴볼 수 있다. 온라인 모임은 이런 것을 어떤 식으로 할지 미리 정해야 한다. 한 가지 해법은 모두가 같은 편집 프로그램을 사용하는 것이다.

논평하기

논평은 불쾌하기도 하고 전문적이기도 하고 유용하기도 한 단어다. 하지만 어쨌든 논평은 의무적인 글쓰기만큼이나 글쓰기 모임의 주요 기능이다.

현재 온라인 모임에서는 단체로 화상회의를 진행하지 않는한, 논평을 글로 써야 한다. 오프라인 모임에서도 짧은 메모와 감상평을 원고 위에 적어서 작가에게 줄 수 있다. 하지만 그것이 말로 하는 비평이나 토론을 대신해서는 안 된다. 논평 시간에는 전체 구성원이 토론에 참여하여 의견을 교환하고 상호작용하는 것이 작가에게 가장 유익하다.

차례

모든 사람이 모든 작품마다 논평을 해야 한다.

온라인에서는 논평 이메일을 받는 대로 읽어볼 수 있다. 순서는 중요하지 않다. 하지만 오프라인 모임에서는 순서가 중요하다. 제출된 원고들을 차례대로 논평하며, (작가를 제외한) 모임의 구성원들이 모두 순서대로 발언한다.

이상적으로는, 제한 시간도 차례도 없이 말하고 싶은 사람만 말하는 자유로운 논평도 가능하다. 하지만 그렇게 하려면, 모임 내에 습관적으로 침묵하거나 끊임없이 재잘거리는 사람이 없고 모임을 지배적으로 좌우하는 사람도 없다는 점을 구성원 모두가 알아야 한다. 워크숍에서는 상호존중과 신뢰가 절대적으로 중요한데, 자유로운 논평에서는 말을 잘하는 사람들 때문에 수줍어하는 이들이 더욱 침묵을 지키게 된다. 많은, 아마도 대부분의 모임에서는 수년간 정기적인 상호논평을 이어오며 가장 공정하고 스트레스가 덜한 방법으로 '한 바퀴 돌기' 순서를 사용하고 있다.

규약

각자 논평은 다음과 같이 해야 한다.

- 짧게 할 것.
- 다른 사람이 논평하는 중간에 말을 가로채지 말 것.
- 작품의 중요한 측면에 관해 말할 것. (사소한 불만은 원고에 써두라.)
- 개인적으로 평하지 말 것. (작가의 성격이나 의도를 얼마나 알고 있는지는 전혀 무관하다. 토론의 대상은 작품이지 작가가 아니다. 자전적인 글이라 하더라도 '당신'이라 하지 말고 '서술자'라고 칭하자.)

직접 말로 하든 이메일을 쓰든 논평할 차례가 왔을 때 다른 이의 논평에 대해 이의를 제기하지 말라. 남을 비웃거나 깎아내리거나 모욕하지 말라.

반복되는 논의를 하지 말고 토론을 확장하라. 만약 제인의 의견에 동의하면 동의한다고 말하라. 만약 빌의 의견에 동의하지 않으면 적대적인 감정은 품지 말고 그냥 동의하지 않는다고 말하고 왜, 어떻게 그러한지 설명한다.

글을 처음 읽었을 때의 첫인상, 반응, 심지어 오해까지도 매우 유용하다는 사실을 기억하라. 결국, 작가가 작품을 편집자에게 전달했을 때 모든 것은 편집자의 첫인상에 달려 있다. 순진한 반응이나 질문을 하는 것을 바보 같다고 생각하지 말라. 다만 적대적인 감정을 갖고 말하거나 이메일을 쓰지 않도록 하고, 오로지 작품에 도움을 주려는 목적으로만 하라.

비평은 잘못된 점에 초점을 맞추는 경향이 있다. 부정적인 평이 유용하려면 퇴고의 가능성을 시사해야 한다. 작품에서 헷갈렸거나 놀랐거나 짜증 났거나 즐거웠던 부분이 어디인지, 어떤 부분이 가장 좋았는지 작가에게 알려주어라. 어떤 부분이 효과적이었고 들어맞았는지 들으면 작가에게는 적어도 유용하다.

작품의 전체적인 질에 대해 혹평을 퍼부으면 작가는 화를 내고 듣기를 거부할 수도 있고 정말로 가슴에 남는 상처를 받을 수 있다. 하지만 아직도 가학적인 비평을 하는 이들이 있다. 그들은 작품을 쓸모없다고 걷어차는 것을 특권으로 여기며, 그런 비판적인 평가가 절대적일 수 있다고 생각하고, 모욕을 받아야 예술가가 될 수 있다고 주장한다. 그러나 이런 태도는 워크숍에서 설 자리가 없다. 상호존중과 신뢰를 바탕으로 하는 합평회에는 고압적인 이들이나 저자세로 아첨하는 이들 모두 들어갈 수 없다.

다른 이들에게 말하지 말고 작가에게 말하라.

작가에게 직접적으로 사실관계에 관해 예, 아니오로 답할 수 있는 질문을 할 수도 있다. 그러나 모임의 다른 구성원들에게 먼저 물어보고 그들이 괜찮다고 했을 때만 질문하라. 왜냐하면 다른 구성원들은 그 질문에 대한 답을 듣고 싶지 않을 수도 있기 때문이다. 예를 들어 "독자가 델라의 어머니가 누구인지 모르도록 의도하신 건가요?"라고 묻고 싶을 수 있다. 그런데 어쩌면 다른 이들은 작가와 아는 사이가 아니라서 질문을 할 수 없다고 가정하고—우리가 여느 서사문을 읽을 때와 같은 조건으로—글을 읽고 판단하기를 더 선호할지도 모른다. 작가가 길게 설명하거나 방어해야만 하는 질문은 절대 하지 말라. 작품 자체에서 그런 의문이 해결되지 않는다면, 그저 그 문제에 주의를 환기하는 메모를 남겨서 나중에 작가가 퇴고할 때 고칠 수 있도록 하는 것이 가장 유익하다.

뭔가를 고치는 방법을 제안한다면 유용할 수도 있지만 반드시 정중하게 해야 한다. 어떻게 바꾸어야 할지 확실히 안다고 해도 그 이야기의 주인은 작가이지 당신이 아니다.

작품을 읽고 떠오르는 문학이나 영화가 있더라도 말하지 말라. 작품 자체로 존중하라.

이야기가 무엇을 다루고 있는지, 무엇을 하려고 하는지, 어떻게 목적을 이행하는지, 어떻게 목적을 더 잘 성취할 수 있을지 숙고하라.

습관적으로 평을 장황하게 하는 구성원이 있다면, 오프라인 모임인 경우에는 주방용 타이머를 가져와서 각 논평 시간을 몇 분으로 제한하고, 온라인 모임인 경우에는 단어 수를 제한한다. 자기 중심적이고 지루하고 쓸데없는 수다를 떠는 평을 내버려두는 모임은 길게 갈 수 없다. 집중이 필수적이며 상호작용 역시 필수적이다.

오프라인 모임에서 구성원들이 논평을 짧게 한다면 마지막 시간은 포괄적이고 자유로운 토론으로 마무리할 수 있고, 이때가 가장 유익한 경우가 많다. 온라인 모임에서도 비슷한 상호작용이 있을 수 있다. 이러한 자유로운 토론을 통해 모임의 의견이 한 가지로 모아질 때도 있다. 하지만 여러 다른 의견들이 서로 좁혀지지 않은 채로 끝난다 하더라도 충분히 유익하고 흥미로울 것이다.

논평받기

합평이 시작되기 전과 합평이 진행되는 동안 해당 작품의 작가는 침묵해야 한다.

작가로서 사전에 설명하거나 해명하지 말라.

질문을 받았다면 구성원 모두가 답변을 듣기 원하는지 확실히 한 다음에, 가능한 정말 간결하게 답하라.

논평을 받는 동안, 사람들이 당신 글에 대해 하는 말을 메모하라. 아무리 한심해 보이는 의견일지라도 적어두어라. 나중에 보면 타당한 의견일 수도 있다. 여러 사람이 계속해서 언급하는 의견이 있다면 모두 메모하라. 온라인 논평에서도 마찬가지로 하면 된다.

자기 작품에 대한 토론이 모두 끝났을 때 원한다면 발언을 해도 된다. 짧게 하라. 방어적으로 나가지 말라. 합평에서 다루어지지 않은 부분에 대해 묻고 싶은 점이 있다면 지금 질문하라. 작품을 부지런히 비평해준 사람들에게 할 수 있는 최선의 반응은 단연코 "감사합니다"이다.

'침묵 규칙'이 독단적으로 보일 수도 있다. 하지만 그렇지 않다. 작가의 침묵은 합평 과정에서 필수적인 요소다. (때로는 그것만이 유일한 필수요소라고 생각한다.)

작가가 자기 작품이 비평받고 있는 상황에서 방어적인 자세로 설명이나 변명, 지적을 하지 않기란 거의 불가능하다. "오, 하지만 보세요. 내가 의도한 건…" "오, 다음번 원고에서 그렇게 하려고 했는데…" 처음부터 이런 말을 할 권리가 주어지지 않는다면 (작가나 논평하는 이들의) 시간을 아낄 수 있다. 대신 작가는 듣게 된다. 대답할 수 없으므로 대답을 준비하느라 정신적으로 분주하지 않을 것이다. 작가가 할 수 있는 것이라고는 듣기뿐이다. 사람들이 작품에서 읽어낸 부분, 손을 좀 봐야 한다고 여기는 부분, 오해하거나 이해한 부분, 싫어하거나 좋아한 부분이 무엇인지 들어라. 작가는 그러려고 그 자리에 있는 것이다.

온라인 합평에서도 작가는 침묵을 지키고 논평에 답하지 않는다. 그러면 논평하는 이들이 서로 답장을 주고받을 것이다. 이런 상호작용을 통해 사람들의 의견이 바뀌고 발전되고 깊어질 수 있다. 작가가 할 일은 그것들을 읽고 생각하고 메모하는 것이다. 그리고 마지막에 고맙다고 말하라.

침묵 규칙을 정말로 견딜 수 없다면 아마도 자기 글에 대한 다른 사람들의 반응을 사실 알고 싶지 않은 것일 수 있다. 작품의 하나부터 열까지 모든 것을 스스로 판단하기를 원하는 것이다. 이런 경우라면 모임과 잘 맞지 않을 것이다. 그럴지라도 전적으로 괜찮다. 기질의 문제일 뿐이다. 혼자일 때만 작업이 되는 예술가들도 있다. 그리고 어쩌면 한 예술가의 생애 중에서도 모임을 통해 자극과 피드백을 얻어야 하는 시기가 있고 혼자서 더 잘할 수 있는 시기가 있을 수 있다.

결국, 혼자서 하든 모임을 하든 언제나 판단하는 이는 자기 자신이다. 스스로 결정을 내려야 한다. 예술의 규율은 자유다.

용어 해설

정서(Affect)

첫음절에 강세가 있는 명사. 감정, 느낌을 뜻한다. 효과(effect)가
아니다.

두운법(Alliteration)

"Peter Piper picked a peck of pickled peppers.(피터 파이퍼가
많은 양의 피망 피클을 골랐어요)"가 두운을 맞춘 문장이다. "Great
big gobs of greasy grimy gopher guts.(엄청 많은 기름지고 더러
운 땅다람쥐 내장)"도 그렇다.

틀(Armature)

고층빌딩의 강철 프레임 같은 뼈대.

결합(Articulated)

연결됨. 하나로 합쳐짐. 예를 들어 '결합된 뼈'나 '두 대의 버스가
결합된 굴절 버스'가 있다.

절(Clause)

절은 주어와 서술어가 있는 낱말들의 집합이다(A clause is a group
of words that has a subject and a predicate.).

이 문장에서 '절은 낱말들의 집합이다(A clause is a group of
words)'는 홀로 있을 수 있으므로 주절이라고 부른다. 여기서 주어
는 명사 '절'이다. 서술부는 동사 '이다'와 직접목적어 '낱말들의 집
합'으로 이루어져 있다. 이것이 주절이므로 '절'과 '낱말들의 집합
이다'는 전체 문장의 주어와 서술부로도 간주된다.

종속절은 홀로 설 수 없고 주절에 연결되어야만 한다. 위의 문
장에서 종속절은 '주어와 서술어가 있는(that has a subject and a
predicate)'이다. 주어는 관계대명사 'that'이며 서술부는 '주어와
서술어가 있는(has a subject and a predicate)'이다.

절들은 복잡한 개념이나 상황을 표현할 때 복잡한 방식으로
서로 연결될 수 있다. 마치 크기에 따라 포개어 넣은 여러 상자 한

벌처럼, 한 절 안에 또 다른 절이 들어 있는 경우를 '내포절(embedded clause)'이라고 한다.

구어체(Colloquial)

글에서 쓰는 말이 아닌 일상적인 대화에서 쓰는 말. 또 글쓰기에서는 일상 회화를 모방한 편하고 격식 없는 어조를 뜻한다. 이 책의 예시문 중에서 마크 트웨인의 두 작품은 구어체가 아름답게 표현된 작품이다. 대부분의 서사문은 매우 격식을 차린 글이 아니라고 할지라도 완전히 구어체로 쓰이지 않는다.

논평(Critiquing)

워크숍이나 합평회에서 작품을 토론하는 과정. 비평(criticizing)을 대신하는 말로, 어쩌면 '비평'에는 부정적인 혐의가 있을 수 있지만 '논평'은 여전히 중립적으로 들리기 때문이다.

장식 문자(Dingbat)

우리는 모두 몇몇 장식 문자를 알고 있다. 글에서 단락이 나뉘거나 페이지가 넘어가는 빈 곳을 강조하거나 장식하기 위해 사용하는 작은 모양이나 도안을 뜻하기도 한다. 예를 들면 다음과 같다.

* * *

내포절(Embedded clause)

절(Clause) 항목을 보라.

문법(Grammar)

언어의 기본체계. 말을 이해가 되게끔 쓰는 규칙. 규칙을 모르더라도 문법적인 감이 좋을 수 있지만, 규칙을 현명하게 깨려면 규칙을 잘 알아야 한다. 지식이 자유를 선사한다.

은유(Metaphor)

암시적인 비유 혹은 묘사. A가 B와 같다고 말하지 않고, A는 B라고 말하거나 A를 지시하는 데 B를 사용한다. 즉, "그녀는 양처럼 부드럽고 온순하고 사랑스럽다"라고 말하지 않고 "그녀는 양이다"라고 말하면 은유다. "나는 소가 풀을 뜯어 먹듯이 여기저기를 조금씩 읽고 있다"라고 말하지 않고 "나는 책을 여기저기 뜯어먹고 있다"라고 말하면 은유다.

수많은 언어 용법이 은유적이다. 모욕적인 표현은 대부분 은유다. "이 숙맥(본래 콩과 보리를 뜻한다 – 옮긴이)아!" "염병(본래 장티푸스를 뜻한다 – 옮긴이)할!"

작가들이 경계해야 하는 한 가지는 흔한 은유다. 이 '죽은' 은유들은 섞어놓으면 끔찍하게 되살아난다. "나는 눈에 불을 켜고 찾아보았지만 그녀가 쥐도 새도 모르게 숨겨놓았는지 영 찾을 수가 없어서 복장이 터졌다."

운율(Meter)

규칙적인 리듬이나 박자. 럽-덤-럽-덤… 타단 타단 타단… 티디-
덤 티디-덤 티디 덤 덤 덤… 산문에서 한 줄 안에 몇 단어 이상 운
율이 이어지면, 작가가 원했든 아니든 간에 그 글은 산문이 아니라
운문이 된다.

딱 맞는 말(Mot juste)

'Mot juste'는 프랑스어로 '딱 맞는 말'이라는 뜻이다. 귀스타브 플
로베르가 주장한 일물일어(一物─語, 한 가지 사물이나 상황을 딱 맞
게 설명하는 단어는 하나뿐이라는 뜻이다 - 옮긴이)를 표현한다.

의성어(Onomatopoeia)

낱말이 가리키는 의미와 같은 소리가 나는 말. '지글지글', '쉿', '후
루룩' 등이 의성어다.

품사(Parts of speech)

명사, 대명사, 동사, 부사, 형용사, 전치사 등 문장 안에서의 용법에
따른 낱말의 갈래. 이런 말을 들으면 진저리나는 학창 시절이 떠오
를 수도 있지만, 이런 용어를 배제하고 문법을 비판하거나 문법 비

판을 이해하기란 불가능하다.

감상적 오류(Pathetic fallacy)

풍경, 날씨와 같은 무생물에 인간의 감정을 반영하거나 담은 글을 가리키는 표현. 경멸적 의미를 담고 있을 때가 많다. (국내 문학용어 중 같은 방식을 설명하면서도 좀 더 중립적인 표현으로 '활유법'이 있다-옮긴이)

합평회(Peer group)

정기적으로 만나서 서로의 작품을 읽고 토론하는 작가들의 모임. 리더가 없는 워크숍 형태다.

(동사의) 인칭(Person (of the verb))

영어 동사에는 단수 세 가지와 복수 세 가지를 합해 총 여섯 가지 인칭이 있다. 다음은 규칙동사(work)와 불규칙동사(be)의 현재형 및 과거형을 나타낸 예다.

- 1인칭 단수: I work, I am / I worked, I was
- 2인칭 단수: you work, you are / you worked, you were
- 3인칭 단수: he, she, it works, he, she, it is / he, she, it worked, he, she, it was

- 1인칭 복수: we work, we are / we worked, we were
- 2인칭 복수: you work, you are / you worked, you were
- 3인칭 복수: they work, they are / they worked, they were

인칭과 수에 따라 동사 형태가 달라지는 경우는 3인칭 단수 현재형일 때, 그리고 불규칙동사 'be'의 1, 2, 3인칭 단수 현재형일 때다.

불완전한 문장(Sentence fragment)
완전한 문장이 있어야 할 자리에 사용된 문장의 일부분.

문장은 주어(명사나 명칭, 대명사)와 서술부(동사와 목적어)로 이루어진다. (이 문장의 주어는 '문장'이고 서술부는 '주어와 서술부로 이루어진다'이다.) 불완전한 문장은 주어나 서술부, 혹은 둘 다 없는 문장을 말한다. 다음 예시를 보라.

- 불완전한 문장 금지!
- 어디로?
- 늦었어, 늦었어.

우리는 말할 때나 글을 쓸 때 늘 불완전한 문장을 사용한다.

하지만 특히 글에서는 불완전한 문장의 생략된 부분이 맥락 속에서 분명히 암시되어야 한다. 서사문에서 불완전한 문장을 반복해서 사용하면 어색하거나 가식적으로 보일 수 있다.

직유(Simile)

'같은'이나 '처럼'을 사용하는 비유법. "그녀는 칠면조처럼 빨개졌다." "내 사랑은 붉디붉은 장미 같네." 직유와 은유의 차이는, 직유에서는 비유나 묘사임이 명백히 드러나는 반면 은유에서는 '같은'이나 '처럼'이 생략된다는 점이다. "나는 매처럼 관찰한다."(직유) "나는 카메라다."(은유)

의식의 흐름(Stream of consciousness)

도로시 리처드슨과 제임스 조이스와 같은 소설가들이 발전시킨 소설의 한 형식 혹은 서술 방식. 시점인물의 경험, 반응, 생각을 순간순간 그대로 독자도 함께 알 수 있다. 의식의 흐름 기법을 작품 전체에 걸쳐 사용하려면 제약이 매우 많지만, 그럼에도 장편소설에서 흔하며 효과적이고 단편소설과 현재 시제 서술에도 잘 어울린다.

구문(Syntax)

"(2) (적절한 형식에 따른) 낱말의 배치. 이를 통해 한 문장 안에 있는 낱말들의 연결구조와 관련성이 드러난다." - 『옥스퍼드 영어사전The Shorter Oxford English Dictionary』

구문 구조를 알아보는 법은 한때 도식으로 가르치곤 했는데, 어느 작가에게나 유용한 방식이다. 예전 문법책에서 문장을 도식으로 나타낸 부분이 있으면 살펴보라. 꽤 도움이 된다. 문장에도 말馬과 같은 골격이 있음을, 그리고 문장이나 말이나 그 뼈가 구성되는 방식대로 움직인다는 사실을 깨달을 수 있을 것이다.

낱말들의 배치와 연결과 관계에 대한 예리한 감각은 서사 산문 작가에게 필수적인 소양이다. 구문 규칙을 모두 알아야 할 필요는 없지만 구문을 듣거나 느낄 수 있도록 자신을 훈련해야 한다. 그래야 문장이 꼬여서 넘어질 지경인지, 쭉 자유롭게 달려가는지 알 수 있다.

시제(Tense)

사건이 일어나고 있다고 상정된 시간을 나타내는 동사의 형식.

옮긴이의 말

어슐러 K. 르 귄은 1962년 단편 「파리의 4월」을 잡지에 발표하며 본격적으로 작가의 길에 접어든 이래, 60년 가까운 세월 동안 총 23권의 장편소설, 12권의 단편집, 11권의 시집, 13권의 어린이책, 5권의 에세이집, 4권의 번역서를 출간했다. 그중 대표작이라 할 수 있는 '어스시 시리즈'는 J. R. R. 톨킨의 『반지의 제왕』, C. S. 루이스의 『나니아 연대기』와 함께 세계 3대 판타지 소설로 꼽힌다. 또한 르 귄은 SF 문학계의 대표적인 상인 네뷸러상과 휴고상을 각각 6회, 8회 수상하고, 미국 SF 판타지 작가 협회의 '그랜드마스터'로 선정되는 등 명실상부 SF 소설의 거장이라 할 수 있다.

르 귄은 오랜 세월 동안 작가로서 수많은 글을 발표했을 뿐만 아니라 글쓰기 자체에 남다른 열정과 애정을 보였다. 이 책의 서문을 보면 알 수 있듯이 르 귄은 직접 글쓰기 워크숍을 진행하며 작가를 꿈꾸는 이들을 만나고 가르쳤다. 생애 마지막 인터뷰도 책과 글쓰기에 관한 내용이었으며(『어슐러 K. 르 귄의 말』, 마음산책, 2022), 80세를 훌쩍 넘긴 나이에 더는 새로운 소설을 쓸 힘과 체력이 없다고 밝힌 와중에도 'Book View Café' 블로그를 통해 질문을 받고 대답을 해주는 온라인 글쓰기 워크숍을 진행하기도 했다.

이 책은 이러한 작가가 남긴 글쓰기에 관한 조언이다. 그렇지만 글쓰기에 관한 철학이나 감상 등을 담고 있는 것이 아니라 이미 글을 쓰고 있는 작가나 작가 지망생들이 습작을 통해 좀 더 나은 방향으로 나아갈 수 있도록 안내하는 책이다. 실제 워크숍에서 많은 참석자를 상대로 강의하고 연습했던 내용을 바탕으로 하고 있어 매우 실질적이고 유용한 팁들이 가득하다.

다만 이야기는 글을 통해 전달되는 것인 만큼 언어적인 측면이 설명되지 않을 수 없다. 르 귄은 영어를 바탕으로 설명하고 있으므로 한국어로 글을 쓸 독자들에게는 와 닿지 않는 내용이 있을 수 있다. 특히 언어의 소리나 문법에 관한 내용은 영어와 한국어의 차이로 인해 다르게 적용되어야 하는 부분이 있다. 번역하는 입장에서 글의 이해를 돕기 위해 불가피하게 원문을 병기하거나 그대로 둔 부분들이 있어 마음이 불편하지만 독자들이 가감하여 읽어주리라 믿는다.

그럼에도 어쨌든 언어의 문법이 중요하다는 큰 틀은 변함없는 사실이다. 르 귄도 말했다시피 독자는 오로지 글만 볼 수 있으므로 가능한 명확한 언어로 이야기를 전달해야 한다. 언어의 규칙을 파괴하고 자유롭게 쓰는 것도 규칙에 대해 잘 알고 있을 때만 가능하다. 한국어로 글을 쓰는 독자라면 시중에 쉽게 읽을 수 있는 한국어 문법책이 많으니 어떤 것이든 한번쯤 읽어보길 바란다.

글의 소리도 마찬가지다. 여기 제시된 예시문들은 번역된 글이므로 원문의 소리와 리듬이 잘 느껴지지 않을 수 있다. 그러나 글쓰기에서는 글의 자연스러운 진행과 리듬을 위해서 소리에 집중해보는 일도 필요하므로, 한국어로 된 글 중에서 말의 맛이 살아 있는 글을 찾아 읽어보면 더욱 좋을 것이다.

(그 밖에 나머지 내용은 한국어로 글을 쓸 때도 충분히 유효한 조언들이므로 언급하지 않았다. 부디 이 책의 내용들이 글을 쓰는 독자들에게 실질적인 도움이 되길 바란다.)

이 책은 2015년에 나온 『Steering the Craft』의 개정판을 번역한 것이다. 1998년에 나온 초판은 다른 분이 번역하여 국내에 소개된 바 있다. 개정판에서 추가되고 수정된 부분들이 꽤 있어서 결국은 다른 번역이 되었지만 이전 책이 참고가 되었던 것은 사실이다. 그 외에도 책에 나와 있는 예시문들 중에 국내에 출간된 책이 있는 경우 본문에 출처를 표기하고 옮겨 실었다. 여러 번역가의

도움을 받은 셈이다. 모두 개인적으로 알지는 못해 이 자리를 빌려
감사의 말을 전한다.

김보은

르 귄, 항해하는 글쓰기

어슐러 K. 르 귄 지음
김보은 옮김

초판 1쇄 발행일 2024년 1월 12일

발행인 한상준
편집 김민정 · 강탁준 · 손지원 · 최정휴 · 김영범
디자인 김경희 · 필요한 디자인
마케팅 이상민 · 주영상
관리 양은진

발행처 비아북(ViaBook Publisher)
출판등록 제313-2007-218호(2007년 11월 2일)
주소 서울시 마포구 월드컵북로6길 97(연남동 567-40)
전화 02-334-6123   **전자우편** crm@viabook.kr
홈페이지 viabook.kr

Korean translation copyright ⓒ 2024 by ViaBook Publisher
ISBN 979-11-92904-46-7 03800

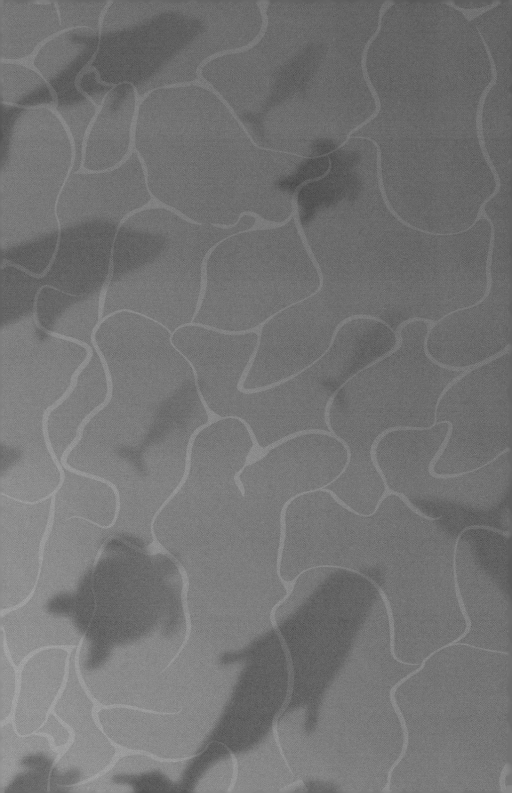